Partigiani

Un romanzo sulla Seconda Guerra Mondiale

Richard G. Hole

Partigiani

Un romanzo sulla Seconda Guerra Mondiale

Richard G. Hole

Seconda Guerra Mondiale

SINOSSI

Quella mattina a Sofia, i giornali annunciarono ufficialmente che la Bulgaria aveva firmato il patto tripartito. Re Boris sostenne, come l'Ungheria e la Romania, le truppe dell'Anchluss, l'impero fascista e l'impero giapponese.

La stampa parlò anche dell'accordo segreto concluso venti giorni prima dal maresciallo tedesco Von List e dai generali dell'esercito bulgaro, che concedeva alle truppe di Hitler il libero passaggio attraverso i territori balcanici nelle loro campagne contro la Jugoslavia e la Grecia.

Seicentottantamila soldati tedeschi attraverseranno la Bulgaria...

Partigiani è una storia appartenente alla raccolta della Seconda Guerra Mondiale, una serie di romanzi di guerra sviluppati durante la Seconda Guerra Mondiale.

PARTIGIANI

PREFAZIONE

La mattinata è stata splendida. Non una raffica di vento, non una sola nuvola... sulla città di Sofia. La capitale bulgara aveva subito negli ultimi anni una grande modernizzazione, nonostante gli eventi politici, anche se ora le cose stavano prendendo una piega più seria.

Da una parte all'altra della città, in ogni bocca, in ogni gesto, era simboleggiato il fantasma terrificante, la guerra.

Le madri, quando accarezzavano i loro piccoli, si chiedevano mentalmente: la guerra lo ucciderà? Gli operai, quando costruivano una casa e osservavano con ammirazione il loro lavoro, mormoravano rassegnati: Purché la guerra non la distrugga. Infine, i bambini della scuola hanno detto con l'entusiasmo dell'ignoranza: "Quando verrà la guerra e noi saremo soldati".

Nessuno voleva la guerra, ma tutti la accettavano come inevitabile.

E quella mattina, in una grande piazza, davanti a re Boris ea diversi rappresentanti di Hitler e Mussolini, il sole splendeva di migliaia di elmi, immobili, in attesa di un ordine.

L'esercito bulgaro era pronto per la grande parata. Grandi striscioni a strisce bianche, verdi e rosse appesi su balconi e tribune. Allo stesso modo, come segni di amicizia, croci con svastiche, svastiche e simboli fascisti furono mescolati con questi.

Suonarono trombe e trombe. La cavalleria che guidava la parata si mosse. Spiriti destrieri mescolavano il suono dei loro zoccoli ritmici mentre i tamburi battevano.

Poi c'era la fanteria, gli stivali chiodati, il suono metallico di quegli uomini, il passo robusto, cominciava a riempire le menti della folla di pensieri cupi.

1

Julian Nosdrev aveva in mano una bottiglia di liquore "Mastika". Era un ragazzo alto e robusto, con abbondanti capelli neri, lineamenti molto bianchi e fini, un'espressione maligna e una piccola barba, che completava il suo aspetto bohémien. Fissò i suoi compagni di classe, tutti studenti universitari come lui.

Julián stappò la bottiglia e versò un bicchiere a ciascuno.

"Chi ha ancora dubbi su cosa fare? Diventeremo i giocattoli di Hitler? Lasceremo che gli istruttori tedeschi ci dicano cosa fare? Siamo stati un popolo libero e abbiamo vissuto in pace. Ora intendiamo allearci noi stessi con quel pazzo con i baffi a spazzola che condurrà il suo paese e quelli che vogliono seguirlo alla distruzione totale Non puoi minacciare il mondo intero!

"Ma non dobbiamo ignorare che la gente è incline ai nazisti" ha sostenuto uno degli studenti.

Giuliano rise.

"Il villaggio? La gente non dice niente, la gente tace e rimane prudente. Andranno in guerra senza protestare, moriranno senza protestare, e lasceranno che gli alleati occupino il paese disseminato di rovine.

E cosa possiamo fare? I nostri sforzi si sarebbero rivelati vani.

Inutili? Ci sono migliaia di studenti, centinaia di influencer e antinazisti che sosterrebbero i nostri piani. Fortunatamente il nostro Paese è ricoperto di montagne, e questo faciliterà la nostra azione di guerriglia.

"E pensi che possiamo evitare la guerra?

«Forse. Ci sono due modi per farlo. Il primo, che la nostra ribellione susciti nel popolo un clima di malcontento verso i governanti e che, trasformandola in una rivolta popolare, otteniamo la destituzione del Re e l'annullamento del trattati con Hitler. Il secondo, per seminare un clima disfattista tra le fila dell'Esercito...

"In quale modo?

"Arruola volontari e poi incita i nostri colleghi a disertare.

"E potresti farlo molto bene, vero, Julian? Vizio di famiglia ...

Colui che aveva parlato così guardò il giovane con occhi di sfida e ostili. Era Routschouck, un robusto individuo di origine Valak, che indubbiamente non poteva sopportare che Julian Nosdrev, figlio di un codardo, fosse il capo del gruppo.

Julian serrò le mascelle e si alzò. Si trovavano nella sezione di un'osteria, dove in altre occasioni avevano fatto lunghe partite a carte, e che ora era teatro frequente dei loro incontri politici.

"Non avresti dovuto dirlo!

Il giovane ruppe la bottiglia in due pezzi contro il bordo del tavolo. Poi lo brandì come un'arma di fortuna e cercò di avvicinarsi al suo rivale.

"Ingoierai le tue parole.

Routschouck impallidì.

"Tutti sanno che è vero! Tuo padre era un codardo!

I compagni evitarono quell'incontro, che sarebbe stato sanguinoso.

Nicolás Vidin, il migliore amico di Julián, è intervenuto:

"Siamo tutti d'accordo con te. La guerra deve essere evitata con ogni mezzo. Routschouck ha proceduto in modo infantile. Non prendere in considerazione le loro parole. Siamo al tuo fianco.

Julian strinse la mano del giovane.

"Grazie, Nicolás! Prepara tutto per domani, secondo le istruzioni ricevute...

"Essere d'accordo!

Quando si separarono, Julián vagò per lunghi e bui vicoli, mentre si dirigeva verso l'ostello, chiedendosi se doveva dire qualcosa alla sua ragazza di tutto questo.

Aveva il diritto di sapere!

Ma no... Aveva giurato di non rivelare il piano a nessuno. Nemmeno la persona che amava di più al mondo.

La vita e la libertà degli altri... persone dipendevano da quel segreto.

* * *

Julian controllava spesso l'orologio. Era molto nervoso e non faceva alcuno sforzo per nasconderlo. La terrazza del caffè era completamente infestata di gente. Julian aveva scelto un tavolo un po' discreto nell'angolo, e il suo bicchiere di gin era già vuoto. Ha ripetuto con impazienza la bevanda.

Lisa era in ritardo!

Al centro della terrazza, una zingara cantava canti patriottici con l'aiuto di una fisarmonica. Erano vecchi inni, marce guerriere d'altri tempi, ricordi dell'antica Bulgaria.

Vicino al cantante, alcuni uomini biondi chiacchieravano e ridevano ad alta voce. Facevano parte del personale che componeva l'Ambasciata del III Reich. Tutti loro, pur indossando cappelli e abiti civili, indossavano una piccola fusciacca rossa con la svastika sulle braccia.

Avevano svuotato una bottiglia di "slivovitza" e, invitando lo zingaro ad accompagnarli con la fisarmonica, iniziarono il "Nach Paris" con voce grossa.

Alla fine, in mezzo alla marea di passanti, vide qualcosa che calmò i suoi nervi e un sorriso apparve sul suo volto.

L'immagine di una ragazza alta ed elegante apparve davanti agli occhi maschili, e per crudele ironia del destino sembrò più bella e desiderabile che mai.

La giovane ha visto subito il suo ragazzo e con passo deciso si è avvicinata al loro tavolo. Mentre passava davanti ai tedeschi mezzo ubriachi, udì casualmente fischi e risate di ammirazione.

Strana gente del nord! Non erano contenti di niente e, quel che era peggio, si sentivano superiori a quegli europei dell'est.

"Come stai, Giuliano?

"Non molto bene.

"Caccia?

"Ecco, su questo tavolo, hai il campione... Sono carini con te?

"Indifferente. E tu?

"Li odio.

Giuliano si guardò intorno. Si sentiva a disagio. Il giorno prima, due studenti avevano cercato di sabotare l'ambasciata nazista con bombe fatte in casa. Uno di loro era stato ucciso dai gendarmi. L'altro, accusato di essere anarchico, sarebbe stato giudicato da una corte marziale.

Il giovane fece un cenno alla sua ragazza.

"Andiamo da qui.

"Perché? Cosa ti sta succedendo?

"Non mi sento bene...

Julian diede un'ultima occhiata ai turisti "nazisti". Per cosa doveva ringraziarli la Bulgaria? La capitale finirebbe per essere solo un altro giocattolo della Wehrmacht? Hitler ha fornito loro "Mauser" all'avanguardia, batterie Krupp, carri armati "Panzer" ...

L'importante era avere un altro satellite dell'Asse.

Si erano allontanati dal centro della città.

Camminavano lentamente, pensando, parlando a malapena tra loro. Julian continuò a mostrare la smorfia del malumore e cercò di controllare i suoi nervi.

"Cosa ti sta succedendo?

"Sono molto preoccupata.

"Perché?

"Mia cara... ci farà comodo separarci per un po'...

"Cosa stai dicendo? Separarci?

Julian sospirò.

"Sì.

"Perché?

"Non posso spiegartelo adesso.

Lisa fissava l'uomo che amava.

"Dimmi... Questo significa che non mi ami più?

Qualcosa dentro il giovane gli assicurò che era una magnifica occasione per dare alle cose una fine brillante. Si sarebbero salutati senza lacrime e lei non avrebbe sofferto per la sua assenza o paura per la sua vita. Era capace di un tale sacrificio? Potrebbe rinunciare al suo amore? Forse non sarebbe mai tornato dalle montagne, e non c'era niente a che fare con il trattenere una ragazza che non mancasse di corteggiatori...

Julian si sentiva codardo. Come poteva mentire a se stesso?

"Sai bene che ti amo, Lisa...

"Poi?

Il giovane, di fronte a quella tenacia, ossessionato da quegli occhi a mandorla ed espressivi, cedette nel silenzio.

"Devo uscire di qui.

"Partire? Dove?

"Alle montagne.

"Non capisco.

"È facile da capire. I nostri amici tedeschi vogliono trascinarci nel caos, nella guerra più sanguinosa e assurda di sempre.

"Pensi davvero che ci sarà la guerra? Qui?

"Sono sicuro...

Ora camminavano attraverso i giardini solitari che si estendevano davanti alla graziosa facciata di una chiesa ortodossa. La grande massa, con la sua cupola emisferica, le colonne del capitello cubico, i mosaici e le pitture murali, davano un'impressione di grande splendore... Si sedettero su una panchina di pietra. Tutto ci invitava a rimanere in quella pace deliziosa, preludio di un dramma.

E cosa accadrà?

"Chissà!

"Temo, Julian... Se mi ami davvero, andiamo entrambi molto lontano, fuori da questo paese... In Turchia...

"Cosa stai dicendo? Credi che possa essere così egoista? Non conosci la storia di mio padre?

"Tuo padre?

"Sì. Era un codardo...

Un papa sacerdote è passato davanti alla giovane coppia e ha salutato educatamente con un gesto. Era avvolto in una lunga veste e indossava una mitra di stoffa. La gentilezza si rifletteva sul suo viso. Questo fece esclamare Julian.

Perché Dio permette le guerre?

"Sono una punizione. Finché esisterà l'uomo, ci sarà.

"Hai ragione.

Tacquero. Julian iniziò a ricordare la storia di suo padre. L'aveva sentito tante volte e in tanti dettagli...

2

Gennaio 1916. Guerra europea completa. Le truppe del Kaiser, spinte da un fanatismo pangermanico e da una sete di potere, si sono imbarcate nella folle e assurda avventura di conquista del mondo.

Sponde bulgare del Danubio, quasi deserte con pendii spogli. Lì, non lontano da un piccolo villaggio costruito con case di legno, si svolge uno strano raduno. Un gruppo di cavalieri dell'esercito francese si sta avvicinando alla riva, facendo evolvere gli stormi di corvi neri e avvoltoi grigi, che si muovono spaventati sulle acque.

Li incontrarono circa 300 guerrieri albanesi e bulgari. Gli altri erano rimasti nel villaggio. I capi di entrambe le parti caddero a terra.

Sergio Nosdrev ha stretto la mano all'ufficiale francese ed entrambi si sono accovacciati in stile turco, accendendosi delle sigarette.

"Tabacco bulgaro! Nosdrev sorrise. Della migliore qualità!

"Bionda come i capelli di uno svedese e fragrante come un profumo arabo. Eccellente! Mi congratulo con te!

"Beh. Lasciamo perdere i complimenti e andiamo dritti al punto...

Sergio Nosdrev si è tolto il cappello di pelo peloso e si è grattato la testa.

"D'accordo. Dritto al punto...

"Sai, mio caro amico, che gli altri capi di "comitadjis" sono al soldo degli austriaci e dei tedeschi. Solo i miei uomini, il partito di Sergio Nosdrev, restano neutrali, senza aver deciso da che parte combattere. Questa indecisione fa aumentare il prezzo di me e della mia gente. Essere d'accordo?

Il capitano francese annuì:

"Ci ho già pensato.

Il militare osservò attentamente il suo interlocutore. Era un uomo solenne e sporco, con il profilo di un'aquila, una lunga barba, una tunica di seta con maniche ricamate in oro sbiadito e una fascia stretta di colori vivaci, che mostrava pugnali e pistole in vero arsenale.

Il francese portava sotto la tunica un mazzetto di banconote.

Presto furono d'accordo!

Erano banconote della Banca di Grecia. Sergius Nosdrev avrebbe ricevuto cento dracme d'argento ogni mese, più una dracma giornaliera per ciascuno dei suoi uomini...

"Tutto questo in cambio dell'esecuzione di un'importante missione contro le truppe del Kaiser.

« Te lo giuro, manterrò la mia parola, signor capitano.

"Mi fido di te. Se la sua missione fallisce, migliaia di soldati alleati morirebbero. Inglesi, canadesi, francesi, australiani...

"Non preoccuparti e prendiamo tempo. Quali sono le tue istruzioni?

Il francese spiegò una mappa.

"Ecco il villaggio di Valisi. La flotta alleata sta preparando un'offensiva via mare, e per questo i tedeschi hanno sbarcato in detta cittadina batterie Krupp, tre cannoni costieri capaci di affondare le migliori nostre corazzate.

"E la nostra missione?

"Consisterà nell'assalto al villaggio. Ci sono solo circa duecento uomini accampati a Valisi, mentre si preparano i lavori di cantiere e gli ingegneri studiano i punti strategici sulla scogliera. Deve essere una lotta senza quartiere.

"E i cannoni?

"Finiranno in fondo al mare.

"D'accordo. Ci proveremo...

"Semplicemente provare non è abbastanza.

Nosdrev scrollò le spalle.

"Sarò il primo deluso se falliremo.

"Qualsiasi domanda?

Il bulgaro scosse la testa.

Gli uomini avanzano nel buio, lenti, stanchi. Hanno passato la giornata a cavalcare. Alla periferia di Valisi si possono vedere le tende di tela del campo tedesco.

Ecco l'obiettivo.

Nessun quarto!

Sergio Nosdrev portava il fucile in spalla. Lentamente, mirò alla sentinella. Il file era chiaro e faceva brillare il suo elmo prussiano, delineando nettamente la sua sagoma.

Non poteva fallire.

Tiro.

La sentinella cadde senza vita.

Con grida spaventose, i guerriglieri si gettarono sul campo. I tedeschi, presi nelle cuccette, ebbero appena il tempo di difendersi.

Si udì una cometa suonare perché le linee prussiane si ritirassero al centro. Il rumore formato da urla, lamenti e colpi di fucile divenne infernale.

Improvvisamente, una mitragliatrice è entrata in funzione.

Sergio sentì un proiettile sfiorargli la testa.

Quel rumore inaspettato, quella grandinata di proiettili sulle spalle lo fece impazzire.

Immediatamente si sono sentite altre due mitragliatrici.

Per tutti i diavoli!

Il capo della guerriglia si sentiva tormentato dalla paura.

"Scappiamo! Ritiro!

E gettando a terra le armi corse. Era una fuga selvaggia che sarebbe stata la sua rovina.

Un gruppo di "comitadjis" lo seguì.

Il panico è stato provocato tra gli altopiani.

Altri guerriglieri fuggirono. Era una catena.

Dopo le mitragliatrici furono lanciati i mortai. Due o tre proiettili ei "comitadjis" furono decimati.

Poi la caccia.

Entrarono in gioco lunghi fucili muniti di baionetta.

I soldati austriaci, tedeschi, ungheresi, bulgari e prussiani si lanciarono in una sete di vendetta.

L'inseguimento è stato breve. Sergio Nosdrev è stato colpito da una baionetta allo stomaco. Il suo avversario l'ha inchiodata fino in fondo. Sergio lanciò un grido di terrore. Con occhi selvaggi pensò al figlio e alla moglie che stava lasciando lì nei Balcani.

Il soldato appoggiò lo stivale destro contro il petto della vittima e ruotò la baionetta all'interno della ferita per rimuoverla.

Sergio è rimasto senza vita, nella pozza del suo stesso sangue.

La lotta era finita.

Si sentivano solo voci tedesche.

"Ergebt euch!

* * *

Julian continuò a meditare sulla storia di suo padre. Vent'anni prima, quest'uomo aveva causato la morte dei suoi uomini venendo invaso dalla paura. A lui sarebbe successa la stessa cosa? Cancelleresti la macchia nera dalla tua famiglia?

Per tutta la notte non riuscì a dormire. Aspettava con impazienza notizie dagli altri gruppi partigiani. Le idee lo assalivano ed era molto nervoso.

Si ricordò dell'intervista con Lisa.

La fine era stata fredda. La giovane donna, dopo aver appreso delle intenzioni di Julian, era rimasta delusa.

"Non voglio un eroe! "aveva detto". Voglio solo un fidanzato e poi un marito.

Erano le sei del mattino. Julian è saltato giù dal letto. Scese al bar. Le pareti erano ricoperte di manifesti che chiedevano volontari.

"Tu vuoi?

"Un whisky... Posso telefonare?

"Ovviamente.

Julian esitò prima di farlo. Poi si ricordò del freddo addio alla sua ragazza. Doveva salutarla e non lasciarla nel dubbio.

Fece un numero e aspettò.

"Sei Lisa?

"Sì.

"Io sono Giuliano.

"Ah! Ci vediamo oggi?

"No. Parto tra poche ore.

"Quando tornerai?

"Non lo so. Ti amo.

"Anche io. Ti aspetterò.

Julian riattaccò ed emise un profondo sospiro.

La sua vita sarebbe cambiata da un momento all'altro. Avrebbe smesso di essere lo studente per diventare un altro giocattolo di guerra. Fantasma terribile!

Qualche istante dopo, Julian stava camminando a passo svelto lungo un viale. Aveva ricevuto l'avviso, la password corretta. Attraverso il suo radioricevitore, il «relatore» di Radio Sofia aveva detto:

"Abbiamo iniziato la nostra trasmissione con musica 'jazz'.

Poi controllò l'orologio. Sei in punto. Era la parola d'ordine... Ventiquattro ore dopo quella telefonata, tutti i partigiani dovevano essere a destinazione.

Vicino alla stazione udì un gran rumore e alzò gli occhi al cielo. Una formazione di Junkers trimotore sorvolò la città.

La guerra si stava avvicinando a passi da gigante.

Improvvisamente, dietro un angolo, si fermò davanti a qualcosa che attirò la sua attenzione.

In un'elegante macchina nera e scortato da quattro automobilisti dell'esercito bulgaro viaggiava un individuo dai tratti orientali: l'ambasciatore del Giappone.

Era l'ultimo a mancare. La Bulgaria era legata ai paesi dell'Asse.

3

La ferrovia correva vertiginosamente o almeno così sembrava, a causa del diabolico ondeggiare e della fitta cortina di pioggia che batteva i vetri delle finestre.

brutto tempo!

C'è stato un grande incidente e le auto sono diventate scure. Ora, davanti agli occhi di Giuliano, sotto il bagliore dei raggi, apparivano quei luoghi della vera Bulgaria.

In modo spettrale, sotto la tempesta, seguirono i boschi di pini, querce e faggi. Poi la nuda pianura.

Seduto comodamente, Julian continuava a fissare meccanicamente il vetro della finestra, ma il suo pensiero era lontano.

Come finirebbe la tua avventura!

Morirei nell'anonimato? Tradiresti i tuoi amici? Sarebbe stato ucciso come spia da una pattuglia tedesca?

Cosa aveva in serbo per lui il destino?

Fumava una sigaretta, incollata alle labbra, e rimase immobile. Osservò distrattamente i passeggeri mentre la luce si riaccendeva sul tetto della carrozza.

La maggior parte erano contadini. Contadini poveri, dal carattere allegro e ospitale. Grano, frutta, vino, tabacco e seta germogliarono dalle sue mani laboriose... Che ne sarebbe stato di loro con la guerra?

Più avanti, alcuni "chotrari", sporchi, cenciosi e carichi di bambini, che con le loro grida rendevano più triste e più miserabile quel quadro della povertà umana.

Julian Nosdrev sorrise.

"" Quelli "se ne fregano della guerra. Cosa possono aspettarsi dal mondo? Se la pace li tratta in questo modo, la guerra non può essere peggio per loro ...

E gli altri passeggeri?

Ebrei, turchi, tzigane, rumeni... Folla eterogenea di stranieri... Da dove venivano? Dove stavano andando?

Stavano fuggendo dal paese di fronte alla minaccia della guerra?

Era il treno dei miserabili e dei tristi.

Julian Nosdrev scrollò le spalle. E cosa gli importava? In due ore sarebbe arrivato a destinazione.

Il convoglio si era fermato.

Julian asciugò l'umidità dal vetro.

Avevano superato la zona tempestosa. Non pioveva più.

Ho visto una stazione. Sulla piattaforma, alcuni venditori hanno offerto i loro prodotti. I viaggiatori si procuravano panini, caffè caldo o sigarette.

Il treno è ripartito.

Altri tre passeggeri contrastanti in quella carrozza erano appena saliti. Indossavano l'uniforme dei cadetti 'kugatschewo' e le loro giacche lucide con bottoni di metallo facevano una vivida impressione sugli emigranti.

Dove andrebbero?

Sicuramente al confine per servire da istruttori per le truppe appena arrivate per rinforzare le guarnigioni al confine con la Romania e la Jugoslavia.

Julian scoprì improvvisamente davanti a sé un uomo sulla quarantina, con grandi baffi, che somigliava notevolmente a Stalin. Un cappello di tela nascondeva lo sguardo acuto delle sue pupille.

Lo sconosciuto si chinò su Julian e chiese:

Sei bulgaro?

"Mi scusi, non parlo con gli sconosciuti.

L'uomo sorrise.

"Oh! Sì! È bulgaro... È strano che un uomo della sua età non sia un soldato, soprattutto ora che stanno mobilitando tutti.

Julian cercò di apparire con una certa serenità e indifferenza.

"Sei un curatore o qualcosa del genere?

"Oh! No! Dio mi salvi...

"Allora riconoscerai che la tua domanda è alquanto indiscreta.

"È così. Anche se per rassicurarti ti dirò che condivido ampiamente i tuoi ideali.

"I miei ideali? Come posso esserne sicuro?

"Vieni alla piattaforma del carro. Lì possiamo parlare liberamente.

"Essere d'accordo.

L'aria era molto fredda fuori e Julian si sistemò il cappello di pelliccia in testa. Poi osservò il suo interlocutore. Sembrava ebreo.

"Beh, amico..." disse questo con un lungo sorriso. Ora possiamo parlare chiaramente. So chi sei e cosa vuoi. Anch'io sono un acerrimo nemico dei nazisti.

E cosa volevi dirmi?

Lo sconosciuto estrasse dalle tasche un piccolo portafoglio.

"All'interno di quel portafoglio ci sono alcuni documenti in codice che devono arrivare nelle mani dei loro superiori. Te li consegno, visto che devo scendere alla prossima stazione.

L'uomo, con uno strano accento straniero, consegnò il pacco di pelle.

"Sei sicuro che sia a me che dovresti darlo?

"Completamente. Siamo d'accordo?

"Sì.

"Ora non è conveniente per loro vederci insieme. Io vado all'altra macchina e tu torni a casa tua.

"Molto bene. Ci rivedremo?

"Può essere.

"Allora... addio!

"Ci vediamo in giro!

Julian Nosdrev tornò al suo posto e fumò una sigaretta.

Era l'alba. Al centro di un'erba scura, irta di canne corte, c'era la superficie di una minuscola laguna. Le dune sulla destra lasciavano spazio a una pianura verdeggiante e la ferrovia passava su un ponte fluviale.

Passarono le ore. Quel viaggio fu infinito. A quest'ora avrebbero dovuto raggiungere la destinazione, ma il motore aveva rallentato. Si temeva che le ultime tempeste avessero danneggiato i binari e tutte le precauzioni erano poche in luoghi così desolati.

Improvvisamente Julian si sentì istintivamente nella tasca della giacca.

È impallidito.

La paura ha attanagliato i passeggeri.

La valigetta con i documenti era scomparsa.

Cercò di ricordare.

Dieci minuti prima era andato in bagno e nel corridoio dell'auto aveva urtato un individuo.

Uno tzigane cencioso e sudicio che borbottò qualche parola di scusa.

Per tutti i diavoli! Come trovarlo?

Il treno finalmente si fermò. Giuliano guardò fuori dalla finestra.

Era un posto militare. Una garitta, diversi padiglioni, una torretta, e tra le rocce, su una collina, diversi pezzi di artiglieria.

Sorpreso, Julian vide come diversi uomini, soldati armati di fucili, seguissero un ufficiale con una pistola in mano entrati nel carro.

Il silenzio era assoluto.

Julian rimase immobile al suo posto.

Un soldato si avvicinò a lui.

"In piedi!

Giuliano obbedì. I militari lo hanno perquisito con attenzione. Vedendo che la sua ricerca era infruttuosa, lo fecero sedere di nuovo.

All'improvviso una voce:

"Sergente! Ecco cosa stiamo cercando!

Julian riconobbe l'uomo che gli aveva rubato il portafoglio.

Lo tzigane protestò ad alta voce nella sua strana lingua.

Un soldato aveva in mano i documenti.

Con il colpo di culo, la pattuglia ha preso il giovane bohémien, che non era previsto né ha spiegato le ragioni del suo arresto.

Julian sospirò mentre il treno ripartiva.

Guardò attraverso la finestra.

Il giovane tzigane si dibatté tra i suoi rapitori.

Improvvisamente, pensò di aver visto qualcosa che lo stordì.

Il ragazzo era uscito da uno dei padiglioni per consegnargli i documenti.

Il treno prese velocità.

Era stata tutta una trappola per prenderlo!

Julian Nosdrev sapeva troppo.

Rendendosi conto che il suo piano era fallito, questo individuo, senza dubbio un agente filo-nazista, avrebbe telegrafato alla stazione successiva.

Ero perso!

Si alzò e andò alla piattaforma del carro.

Il treno correva su un terreno roccioso, popolato da cespugli e arbusti rachitici.

In curva la locomotiva rallentò.

Era il momento.

Julian è caduto.

Quando cadde a terra e rotolò giù per il pendio, pensò di aver perso conoscenza.

Poi, alzandosi, osservò la ferrovia che si allontanava da quei luoghi desolati.

* * *

Giuliano credette in un sogno quando fu di nuovo circondato dai suoi compagni di università, che da quel momento in poi abbandonarono studi e libri di testo per diventare partigiani duri e ribelli, odiati, temuti e rispettati guerriglieri degli inespugnabili Balcani.

Da due giorni viaggiava, senza altro aiuto che una mappa provvisoria, quelle regioni montuose, stremato dalla fame e dalla fatica.

È diventato come un automa. Aveva perso la speranza di trovare il luogo concordato...

Ma ora era quasi felice. Sorrisi, facce amichevoli e un buon piatto di fagioli con maiale. Cosa poteva desiderare di più dopo quell'incubo?

Abbondano anche volti sconosciuti. Il campo, costruito con capanne in stile tataro alte due o tre metri, costruite con grossi bargigli che formavano le pareti e i tetti di canna e fango, era abitato anche da contadini stranieri, per la maggior parte dall'aspetto serbo, che avevano formato fino ad allora una festa dedicata al contrabbando.

Il posto era buono. Un altopiano che dominava diverse valli ed era protetto da grandi rupi di roccia granitica. In precedenza vi risiedevano alcuni pastori nomadi che erano entrati anche come guide al servizio dei guerriglieri. Fu per loro che le capanne erano circondate da piantagioni di meloni, zucche, miglio e mais, alimenti quasi esclusivi per quelle persone.

Julian diede un'occhiata alla "scorta" di armi. La capanna era piena. Fucili Mauser tedeschi, fucili di fabbricazione cecoslovacca, mitragliatrici, mitra, bombe a mano italiane e russe, esplosivi e proiettili in quantità, e anche vari piccoli mortai da campo.

Julián, dopo aver chiacchierato animatamente con i suoi amici fino a tarda notte, davanti a un falò di cardi, poiché in quel luogo la legna da ardere scarseggiava, si ritirò a riposare.

La stanza era estremamente piccola. Una cuccetta da campo era quasi piena ei nervi hanno impedito al giovane di addormentarsi.

Fuori, una debole tromba risuonò con lamenti ritmici, accompagnata dalle voci tonanti di diversi guerriglieri. Fu l'ardore della guerra, che precedette le prime scaramucce.

Cominciarono a cantare le prime parole dell'inno nazionale bulgaro:
"Chumi marica okravena...".

All'alba, quando le prime luci del giorno cominciarono a calare sulle alture, giunsero a Giuliano una strana voce.

Irrequieto, saltò giù dal letto e andò alla finestra.

Il cielo era limpido.

Gli enormi stormi di pernici, le nuvole di otarde, le lunghe file di gru erano state nascoste.

Davanti a quel lontano mormorio, la pianura era in profondo silenzio.

Non c'erano dubbi.

Era il boom di un cannone.

4

La marcia attraverso quei boschi fu lunga e pesante.

Il gruppo avanzò lentamente.

La comunicazione tra i collegamenti aveva dato ottimi risultati e sette gruppi guerriglieri dovevano incontrarsi a cinque chilometri da Boghasi, cittadina di grande importanza agricola, che doveva essere il primo obiettivo dei ribelli per le relazioni bulgare con Berlino.

Julian Nosdrev, tra i suoi fidati compagni, camminava sospettoso per quei luoghi, pronto a qualsiasi sorpresa.

Nicolas Vidin lo guardò con un sorriso.

"Preoccupato, Giuliano?

"Sì.

"Perché?

"Cosa siamo veramente, Nicolás? traditori? Disertori? patrioti? Antimilitaristi?

Vidin scrollò le spalle.

"Amiamo semplicemente la Bulgaria. Non ci piace che Hitler ci tenga a suo piacimento... Il governo diventa nazista e noi ci ribelliamo nel tentativo di impedirlo.

"E pensi che raggiungeremo i nostri scopi?

"La storia lo dirà.

Nicolás Vidin aveva pronunciato quella frase con tale solennità che Julian non riuscì a trattenersi e si mise a ridere.

Poi si pentì della sua risata.

Il nemico, magari nascosto nella boscáglia, potrebbe saltarci addosso da un momento all'altro.

Il governo di Sofia aveva giurato di porre fine alla ribellione.

Doveva essere tagliato netto!

Avanzarono per diverse ore con costanza e tenacia.

Le guide serbe, all'avanguardia, avevano trafitto la baionetta nelle punte dei loro fucili e spingevano via con le armi i grossi rami, che spesso ostruivano i sentieri.

Passata la sera, i partigiani erano nella parte più fitta della foresta, di alberi enormi, con tronchi robusti e alti che si ergevano perfettamente perpendicolari.

La vegetazione diventava sempre più fitta. Il terreno umido, coperto da grossi cespugli, quasi impediva il passaggio degli uomini.

Julian si avvicinò a una delle guide.

"Questi luoghi sono un perfetto camuffamento per i nostri nemici. Credi che ce ne siano da queste parti?

«Forse conoscono i nostri movimenti.

"Ci attaccheranno?

«Forse si aspettano che ci incontriamo con gli altri partiti. Una pastella in pastella. Questo risolverebbe molti problemi per loro.

"Siamo ancora lontani da Boghasi?

"Questione di un paio d'ore.

"Gli uomini sono esausti. È una marcia senza fine.

La guida serba si grattò i folti baffi e sorrise:

"Non sembrerà così interminabile se pensi che ogni chilometro che avanziamo è un tratto in più che ci avvicina alla morte. Quanti di noi torneranno in montagna?

Il viso di Julian rifletteva la paura e accarezzò la cinghia del mitra che gli pendeva dalla spalla.

Raggiunsero la fine della foresta. La fitta chioma che li aveva protetti dagli aerei da ricognizione con i suoi rami non esisteva più sopra le loro teste.

Adesso era una pianura, una pianura paludosa.

Il terreno diventava sempre più soffice e scivoloso.

Julian pensava che se avessero dovuto attaccarli, quella pianura sarebbe stata un luogo più facile per un'imboscata.

I piedi dei guerriglieri affondavano nel fango fino alle caviglie, il che rendeva più lenta e dolorosa la loro marcia.

Tutti tacevano.

All'improvviso, nell'immensità di quei luoghi, risuonò un colpo secco.

Uno dei guerriglieri ha urlato ed è caduto a terra.

"Tutti a terra!

Gli uomini sono caduti a faccia in giù nel fango.

Un nuovo colpo.

Il proiettile sibilò sulla testa di Julian.

Quel proiettile era destinato a lui.

"Da dove stanno sparando?

«Là, a sinistra.

Era un tumulo roccioso, tra canne e cespugli. Quanti potrebbero essere?

Che armi avrebbero?

Nicolás Vidin osservò quel monticello e poi decise:

"Andrò a cacciarli!

"Stai pensando di fare una deviazione? chiese Giuliano.

"Esatto. Non c'è altra soluzione. Chi vuole unirsi a me?

Quattro uomini si sono offerti volontari.

"Addio!

"Fortunato!

Senza perdere un istante, i cinque partigiani strisciarono nel fango verso il nido dei loro nemici.

Gli altri osservarono attentamente mentre gli audaci compagni si allontanavano. Si muovevano con la testa quasi vicino al suolo. Sembravano lucertole.

Improvvisamente è sorta una "spontanea".

Con una granata in mano, un nuovo guerrigliero volle unirsi alla spedizione e cercò di attraversare il varco che lo separava dagli altri.

Era impaziente di essere un eroe.

Povero illuso!

Questa volta era un rumore di mitragliatrice.

Aveva appena fatto un passo.

Cadde con le braccia tese, un pezzo d'acciaio conficcato tra il suo cervello.

Julian sospirò.

Mezzo sepolto nel fango, quest'uomo coperto da indumenti di pelliccia pelosa sembrava, più che un uomo, un orso ucciso da un certo cacciatore.

No. Questo non era però un gioco...

Era guerra.

Uccidi, muori, saccheggia, odia, scoppia...!

Julian immaginò che neanche i cinque uomini sarebbero tornati.

Il vento soffiava sulle pianure paludose, libero, senza ostacoli, e il suo fischio era come un lungo lamento.

La paura, l'impazienza, l'angoscia di chi aspettava aumentava con il passare dei minuti. La paura cresceva nello stesso momento in cui i nervi erano eccitati.

Cosa stava succedendo?

Solo il silenzio avvolgeva tutto ora.

Solo il vento.

I minuti passavano.

Julian controllò l'orologio.

Erano passati più di venti.

C'era la possibilità che fossero stati presi prigionieri, ma era strano che fosse così quando non si sentiva il minimo rumore di combattimento.

Cinque minuti in più.

L'impazienza stava raggiungendo i suoi limiti.

Che diavolo stanno facendo?

Adesso...!

L'esplosione di una bomba a mano.

Poi una catena di colpi...

Una colonna di fumo nero si alzò nello spazio.

Che cosa era successo?

***

Quella mattina a Sofia, i giornali annunciarono ufficialmente che la Bulgaria aveva firmato il patto tripartito. Re Boris sostenne, come l'Ungheria e la Romania, le truppe dell'Anchluss, l'impero fascista e l'impero giapponese.

La stampa parlò anche dell'accordo segreto concluso venti giorni prima dal maresciallo tedesco Von List e dai generali dell'esercito bulgaro, che concedeva alle truppe di Hitler il libero passaggio attraverso i territori balcanici nelle loro campagne contro la Jugoslavia e la Grecia.

Seicentottantamila soldati tedeschi attraverseranno la Bulgaria.

In cambio, il "Führer" concederà la Macedonia al re Boris... Una giusta e generosa ricompensa! I soldati bulgari avrebbero evitato di partecipare a quelle operazioni di guerra.

Grandi notizie per i partigiani antinazisti nei Balcani!

Non avrebbero dovuto combattere i loro fratelli!

I 680.000 uomini di Von List andrebbero d'accordo con loro!

E mentre i giornali della capitale lanciavano i loro venditori ambulanti, si svolgeva una strana intervista al cosiddetto Commissariato del Servizio di Sicurezza Nazionale.

Lisa si portò la sigaretta alle labbra e aspirò una densa nuvola di fumo.

Poi i suoi grandi occhi guardarono incuriositi il ragazzo che era seduto dall'altra parte dell'ingombrante scrivania, sulla quale erano sparpagliate migliaia di carte non archiviate. Reclami, avvisi, informazioni, anonimi...

Era un individuo completamente calvo, con un cranio liscio e lucente come la superficie di un globo. I suoi occhi erano azzurri, piccoli e acuti. Occhi di poveri parassiti. Sorrise a lungo...

"Sei così bella, Lisa.

"Non aver paura di sorprendermi con le tue lodi...

Lisa, una Lisa sconosciuta, sedeva all'estremità del tavolo. La giovane donna indossava un elegante abito rosso con una scollatura audace. Il poliziotto guardò quella figura con ammirazione e desiderio.

"Ti è piaciuto molto, amico mio?

"Lo sai che lo è. Te l'ho detto tante volte.

Proprio in quel momento qualcuno bussò alla porta.

"Vai avanti!

Un uomo alto, elegantemente vestito, giovane, molto biondo si avvicinò al poliziotto a lunghi passi.

"Buongiorno, signor comandante!

"Buongiorno! Qualcosa di nuovo?

"Niente.

Il poliziotto guardò Lisa, indicando il nuovo arrivato.

"Lisa! Questo è Otto Oberq, il mio collaboratore di Berlino...

"Ah! Infestato...

Il tipo serio lanciò un'occhiata fredda alla ragazza e si sedette in una grande poltrona. La giovane notò lo stemma sul risvolto della giacca. Un cerchio con la svastika.

«Le piace il nostro paese, signor Oberq?

Il tedesco alzò le spalle.

"Buon vino, buon tabacco e brave donne... come te.

"È molto carino da parte tua.

"Noi servitori del 'Führer' sappiamo essere. Dobbiamo comportarci correttamente con i nostri alleati in ogni momento.

Lisa sorrise. Gallo compiaciuto!

"Fai parte dell'«Ordnungspolizei»?

Il tedesco annuì.

"Immagino. E perché l'hanno appena mandato qui in Bulgaria?

L'ufficiale di polizia bulgaro, a quanto pare un comandante dei servizi segreti, ha interrotto la giovane donna.

"Otto Oberq è abituato al nostro compito e mi dà un aiuto fantastico. Ha un record di servizio perfetto.

«Grazie, Herr Kommandant... E a proposito degli affari dei ribelli... Ha trovato quell'agente?

Il comandante si accigliò.

«Sembri un po' confuso, mio caro Otto.

"Cosa significa?

«Ti ho appena presentato l'agente di cui abbiamo bisogno.

"Signorina Lisa?

"Lo stesso.

"Ma comandante... Una donna?

"Sei sorpreso... forse... No? Questo succede perché non conosce Lisa Borgsen come me...

"Borgsen? Non sei bulgaro? Il tuo cognome...

La giovane donna fece il broncio con grazia per negare le supposizioni del tedesco.

"Sono nato in questa città, ma la mia famiglia era straniera. Austriaco mio padre e russo mia madre. Uno strano miscuglio. Penso che queste due razze influenzino molto il mio carattere. Sono orgoglioso come voi "teste quadrate"... Oh! Non offenderti... È solo uno scherzo. Indipendente, irrequieto, avventuroso e soprattutto avido.

"Ed è la prima volta che partecipi a questioni di spionaggio, come quella che ti proponiamo?

Lisa rise.

"Pensi che il comandante si esporrebbe a questo?

"Poi?

"Ho lavorato per i servizi segreti italiani. Una feroce lotta contro gli agenti greci.

"Quanto tempo sei stato con loro?

"Due anni.

E come ti sei sbarazzato dei segugi del Duce?

"Non è stato difficile per me. Continuo a servire la causa dell'Asse.

Il comandante è intervenuto cercando di spiegare:

"Lisa Borgsen è entrata a far parte del mio dipartimento all'inizio dello scorso anno. C'erano elementi sospetti nell'Università di Sofia, in particolare nella Facoltà di Giurisprudenza. La politica dei primi giorni della guerra dominava le menti degli studenti. Lisa è giovane. Venticinque anni. Si iscrive all'università. Avevamo un ragazzo in archivio che stava provocando manifestazioni contro il governo filo-nazista. Un certo Julian Nosdrev... Lisa fece amicizia con lui. Si frequentavano, ma riusciva a malapena a ottenere da lui informazioni sui progetti partigiani.

"E perché non l'hanno interrogato? Non c'era più niente per fermarlo?

"Impossibile. Questo avrebbe messo in fuga gli altri. È difficile combattere gli studenti. Sono testardi, ribelli e non si tradiscono mai.

Otto Oberq sorrise.

«E sei a conoscenza della tua missione, signorina Lisa? Entrare nella bocca del lupo? In montagna? Con i partigiani pazzi e selvaggi? Spiarli in ogni momento? Ci vorrà molto coraggio.

Lisa soffiò fuori una nuvola di fumo.

"Ho capito. Non esitare.

5

Un piccolo aereo "störche" stava sorvolando le vaste foreste. Il tempo era buono e il volo non era spiacevole.

Lisa guardò il pilota.

Strano ragazzo! Non aveva cambiato una parola da quando aveva lasciato l'aeroporto...

E quello? Dopotutto, anche se parlassero, questo individuo sarebbe comunque un povero sconosciuto.

C'era una grande visibilità, e la giovane donna scrutava con occhiate minuziose la macchia che si stendeva sotto l'enorme macchia verde di fronde.

All'improvviso il motore ronzava più forte. C'era qualcosa di sbagliato. Scese di pochi metri, con violenza, in un salto simile a quello prodotto dagli effetti di una buca.

Il pilota ha dominato l'aereo.

"Cosa succede?

"Niente. Non preoccuparti.

"Ancora lontano?

Il pilota consultò i suoi strumenti di navigazione.

"Solo circa cinque minuti.

"Cosa stava succedendo al motore?

"Non lo so... Un fallimento... Questi dispositivi sono stati nella campagna francese e ora soffrono di essere completamente vecchi.

Continuava la grande distesa di vegetazione di un verde intenso.

Davanti a loro c'era una barriera montuosa.

I Balcani!

"Siamo arrivati!

"Arrivato? Dov'è l'aeroporto?

"Là!

C'era una radura nel bosco.

L'aereo ha fatto il giro del "campo" in diversi cerchi, poi ha iniziato a perdere quota, accelerare, rallentare e pochi istanti dopo il suo carrello di atterraggio stava scivolando su un terreno solido.

Il campo era di recente costruzione. Una delle tante installazioni militari in vista della guerra. Era situato in una posizione straordinariamente lussureggiante, che mimetizzava abilmente alcune attrezzature da caccia.

Tra il boschetto erano nascosti diversi padiglioni.

L'aereo ha interrotto la sua marcia.

Due soldati bulgari condussero Lisa alla caserma del capo del campo.

Là avrebbe ricevuto le ultime istruzioni.

* * *

Julian rimase immobile. Così fecero gli altri partigiani.

Dopo quell'esplosione e diversi spari, regnava di nuovo una calma insopportabile e disgustosa.

Che cosa era successo?

Nicolas Vidin ei cinque uomini non sono tornati.

Passarono i minuti.

dovevi andare a trovarli!

Hanno concordato rapidamente. È bastato un segno di Julian. Cominciarono a percorrere il sentiero dei loro compagni scomparsi.

All'improvviso, davanti a loro, sentirono il fruscio dei rami.

Potrebbe essere stato il vento?

Le idee ribollivano nel cervello di Julian.

Rimasero tutti fermi.

Ora sentivano chiaramente un sibilo e voci smorzate.

Chi diavolo erano?

Potevano sentire i loro corpi strisciare.

"Non devono essere molti!

"Aspettiamolo!

I partigiani continuarono ad avanzare.

Silenzio di nuovo.

All'improvviso, a una cinquantina di metri di distanza, videro muoversi gli zoccoli di diversi uomini...

Senza aspettare un momento, Julian gridò:

"Per loro!

Sentendo ciò, sorpresi, commossi dalla tensione dei loro nervi, i soldati si voltarono.

Era il primo contatto.

Lo stupore causato dalle apparizioni inaspettate si è riflesso negli occhi dei militari.

Lì, davanti a loro, non c'erano uomini con cuore e sentimenti, ma macchine, robot fatti per uccidere.

Uno di loro ha seguito il suo istinto ed è riuscito a premere il grilletto della sua pistola.

I partigiani hanno rivelato la replica dei loro fucili e mitra.

Entrambi i gruppi si sono gettati a terra per proteggersi e per appiccare un enorme incendio.

Centinaia di proiettili si incrociavano con i loro caratteristici fischi e cercavano la carne degli uomini.

I partigiani avevano perso il vantaggio di un attacco a sorpresa. Ora quello che avrebbe dovuto essere solo una breve scaramuccia si stava trasformando in un combattimento sanguinoso.

Diversi guerriglieri caddero, immobili, nella palude.

Julian li notò.

Sembravano sacchi di farina bagnati, immobili, pesanti...

"Puoi lasciarmi andare oltre me stesso? Magari con una granata...

Julian guardò quello che gli aveva parlato.

Era un ragazzo che, nonostante i suoi abiti ruvidi e le kepi di lana, mostrava il suo viso un po' infantile.

"Quanti anni hai?

"Diciassette...

"E che ci fai qui?

"Sono affari miei. Mi fai uscire?

"No. Assolutamente no...

"Perché?

"Ti faranno saltare la testa non appena guarderai fuori.

I fucili non smettevano di sparare, ma a poco a poco, dopo pochi minuti, il fuoco pesante diminuiva... soprattutto dalla parte dei soldati.

"Cosa succede a questi?

"Rispondono a malapena ai nostri colpi.

"Saranno a corto di munizioni?

Passarono alcuni minuti.

Il nemico aveva smesso di sparare.

Aspettarono qualche istante.

Poi Julian si è avvicinato al ragazzo che aveva precedentemente chiesto il permesso di uscire...

"Vai avanti ragazzo! Ora è il momento!

E se quel silenzio fosse una trappola?

"Ti copriremo con il nostro fuoco. Non permetteremo loro di mostrare il naso.

"Posso prendere in prestito una granata?

"Sì.

Julian ha consegnato una bomba a mano al suo compagno.

"Sei deciso?

"Ci vado!

Il giovane lasciò i compagni e balzando tra le pozzanghere avanzò con il corpo piegato in avanti.

Mentre si dirigeva verso il tumulo roccioso, i partigiani iniziarono a sparare furiosamente. Centinaia di proiettili, colpi di proiettili si sono schiantati contro la roccia.

"Stop al fuoco!

Il giovane si stava arrampicando tra le rocce.

Con un ultimo sforzo, granata in mano, balzò in piedi e si arrampicò in alto, alla ricerca dei suoi nemici.

Tutti potevano vederlo perfettamente.

Si guardò intorno.

Poi fece cenno ai compagni di avvicinarsi.

Giuliano si fece avanti. Ha raggiunto il tumulo.

I suoi partigiani lo seguirono.

"Cosa c'è, ragazzo?

"Non sono qui! Nessuno!

"Che cosa?

"Sono andati via.

I partigiani hanno potuto verificare, infatti, che i soldati erano partiti.

"Sono fuggiti!

"Li inseguiamo?

"No! Guarda là!

Tra le rocce, i cadaveri dei suoi compagni...

Nicola! Nicolás Vidin terribilmente mutilato dall'esplosione di una granata...

Julian lo riconobbe da ciò che era rimasto dei suoi vestiti.

Come identificare il suo volto, trasformato in una macchia di sangue?

Gli altri avevano i proiettili sul petto...

Dopo aver seppellito le vittime di quell'attentato, i partigiani hanno proseguito la loro marcia.

Mezz'ora dopo, una moltitudine di sagome minacciose emerse nelle luci del tramonto.

"Attento!

I partigiani prepararono le armi.

"Chi è là?

"Così dico! Rispose una voce.

Uno degli uomini di Julian abbassò di nuovo il fucile.

"Sono uno di noi! Siamo arrivati!

Un sospiro di sollievo era nella gola di ogni partigiano.

***

Per tutta la notte ci fu una grande attività, preparando l'ingresso dei partigiani a Boghasi. In generale si credeva che sarebbe stata semplicemente una passeggiata; ma gli informatori hanno dimostrato che si trattava di un errore.

I tedeschi erano lì!

Una delle prime spedizioni del maresciallo Von List era arrivata in città per fare scorta.

Dovrebbero essere attaccati nella gola.

Sì. Questa è stata l'idea migliore.

Julian Nosdrev e gli altri capi partigiani si erano riuniti attorno a un nuovo arrivato di Boghasi, che fungeva da collegamento e spiava i movimenti nazisti.

Ha spiegato una mappa e l'ha posizionata alla luce di una lampada a olio ...

"Stiamo studiando i movimenti che le truppe tedesche seguiranno nei Balcani...

Ha preso una matita.

"Le truppe di Von List occuperanno la parte sud-occidentale della Bulgaria, lungo i confini jugoslavi e greci, fino al fiume Maritza e al confine turco. Da lì, i nazisti salteranno alle Isole Ionie, Salonicco, Atene e Skopje.

"E al nord? chiese Giuliano.

"La Romania è un alleato incondizionato! Il generale Von Kleist occuperà dal fiume Danubio per collegarsi con le truppe di Von List lungo il confine jugoslavo. Da lì hanno un ottimo trampolino di lancio per saltare Belgrado e Sarajevo, per collegarsi con gli italiani dell'Albania.

"Dobbiamo impedire questa concentrazione di truppe nel nostro paese, questa occupazione della Bulgaria" ruggì uno dei capi partigiani.

E cosa possiamo fare? Appena duemila uomini contro le truppe di Von List!

Julian è andato al link.

Quali truppe naziste stanno preparando questa campagna?

"Tredici divisioni di fanteria, sei divisioni corazzate, sette divisioni motorizzate, quattrocento bombardieri, trecento combattenti, dieci reggimenti ungheresi...

Julian si portò una mano alla testa.

"Siamo pazzi!

All'improvviso, un'esplosione assordante li scaraventò a terra. Quando i capi partigiani uscirono dalla loro tenda, tra i guerriglieri regnarono disordine e panico.

Il rumore simile a una sirena di diversi "Stuka" in caduta libera li strappò dalla loro sorpresa.

"Corpo a terra!

Altre tre bombe caddero sul campo.

"Gli uomini cadono come pulci!

Una pioggia infernale di fuoco e schegge cadde dal cielo.

6

All'imbrunire partirete per Agaesti. Una persona di fiducia ti accompagnerà. Conosce bene quei posti.

Lisa guardò incuriosita l'uomo maturo in elegante uniforme che le stava dando le ultime istruzioni.

"Agesti?

"Sì. Agaesti è una cittadina a sud-est di Boghasi. È il luogo che i partigiani hanno scelto come loro quartier generale. Il governo jugoslavo, in guerra contro l'Asse, invia commando serbi per organizzare queste guerriglie di comifatji bulgari e rumeni. Sono tutti ad Agaesti, poiché il loro accampamento nei pressi di Boghasi, base di rifornimento per un settore delle truppe Von List, è sotto attacco dei spedizionieri della Luftwaffe... Secondo le ultime notizie, i partigiani sono stati decimati, e nella loro fuga cieca attraverso il foreste, le varie bande prendono la via di Agaesti. Non sarebbe difficile per noi attaccare Agaesti per via aerea. Con gli aerei di questa piccola base basterebbe, ma lì concentrano i loro feriti, e quello che otterremmo sarebbe essere per disperderli,

"Capire.

"Conosci esattamente la natura delle informazioni che devi trasmettere al comando?

"Certo. Ho le istruzioni e la chiave segreta.

"Grande! Ora quello che devi fare è andare a riposare...

"A che ora partiamo?

"Le farò sapere. Ecco i suoi documenti. D'ora in poi lei è cittadino greco, inviato dal suo governo per fungere da intermediario tra Atene e i comitatji antinazisti. D'accordo?

"Perfettamente. Ben pensato.

"Brindiamo al successo.

L'ufficiale porse un bicchiere di liquore alla giovane donna. Hanno rotto il vetro.

"Per la tua missione!

"Per la vittoria!

L'ufficiale è stato lasciato solo nel suo reparto. Attraverso la finestra del suo ufficio guardò la giovane donna allontanarsi. Tra le alte fronde il sole spargeva i suoi ultimi raggi.

"Povera ragazza! Così bella da morire nelle mani dei comitatji dei Balcani.

***

Si udiva il crepitio delle mitragliatrici con il loro balbettio stertoreo. Le aquile d'acciaio non hanno fermato i loro attacchi.

Diversi uomini che non avevano avuto il tempo di ripararsi erano chinati sul ventre.

Protetti da alcune rocce, i guerriglieri che avevano raggiunto i posti più alti sparavano incessantemente agli "Stuka", che non abbandonavano la loro preda.

Non appena gli aerei furono scomparsi, lasciando dietro di sé un'ondata di cadaveri nella loro tragica scia, apparvero i primi elmetti tedeschi.

"Proteggiti! Veloce! I soldati tedeschi sono lì! Cercheranno di circondarci!

Ma nessuno ha ascoltato quegli avvertimenti.

Ogni gruppo combatteva da solo, e quelli senza capitano si erano dispersi nella foresta in una vergognosa ritirata.

L'ondata di soldati si stava avvicinando.

Il fuoco ordinato dei loro fucili ruggiva in raffiche continue che lanciavano una pioggia di proiettili sui guerriglieri in imboscata, completamente demoralizzati.

Le granate caddero in grande abbondanza sul campo partigiano, provocando un enorme scempio.

"Moriremo tutti!

Una mitragliatrice Motatji ha aperto il fuoco.

Una linea di soldati tedeschi cadde senza vita.

Erano stati spazzati via in una volta sola!

La risposta è stata immediata.

Un mortaio è stato sparato dalla città.

Il proiettile sibilò nell'aria e cadde in piena linea partigiana. Il lamento era straziante. Sette feriti, completamente mutilati, morenti, e i resti umani, dispersi, di altri cinque uomini.

Li stavano attaccando da lontano! Come potrebbero difendersi e rispondere?

Quello fu il segnale per i comitatji di lasciare i loro nascondigli e di avventarsi sui soldati tedeschi, che li molestavano con una furia folle, eccessiva, con quella temerarietà di chi commette le follie più disperate per sopravvivere.

La lotta è stata quasi corpo a corpo.

Julian vide arrivare la baionetta di un fucile e per pochi centimetri riuscì ad evitarlo, pur non potendo allontanarsi dalla massa che formava il corpo del soldato. Lo spinse, poi gli diede un calcio con i suoi stivali di ferro, un calcio che lo rese quasi privo di sensi.

"Non ancora!

Julian aveva alzato la mano nel tentativo istintivo di chiedere perdono.

Il soldato sollevò il fucile con entrambe le mani e si preparò a colpirlo con la baionetta. Un proiettile vagante ha impedito la sua azione. Gli aveva perforato l'elmo e gli aveva schiacciato il cervello.

Il tedesco cadde come un tronco caduto.

Julian afferrò il fucile e sparò in modo folle e stupido, ancora accecato da quel calcio nel basso ventre.

Prudentemente si gettò di nuovo a terra, incollato al suolo.

Una bomba a mano esplose nelle vicinanze, sollevando una nuvola di sabbia che lo lasciò mezzo sepolto.

Tossì forte. Aveva il fiato corto.

È strisciato fuori da lì.

Un ufficiale nazista si stava avvicinando con una pistola. non l'avevo visto. Un guerrigliero gli attraversò la strada, ma prima che potesse sparare, il nazista gli aveva già tolto una pallottola nella pancia.

Quando scoprì Julian, sorpassò i piagnucolii del ferito mortale. Sparò di nuovo con la pistola e il proiettile sfiorò la testa del partigiano.

Julian sembrava impotente. Stava succedendo qualcosa al suo fucile. Invano premette più e più volte il grilletto.

Il nazista sparò altre tre volte inutilmente e, vedendo che Julian non rispondeva, si avvicinò per non sbagliare il colpo. Mirò di nuovo, ma il giovane, lanciando un gran grido, gli balzò addosso riempiendogli gli occhi di terra. Sparò a caso, ma Julian gli era già arrivato al petto con la baionetta.

Il mortaio ha continuato a causare vittime tra i comitatji.

"Ritiro!

Solo i rappresentanti di due gruppi, quello di Julián e un altro formato da guerriglieri serbi, stavano ancora combattendo.

Julian ripeté il suo grido:

"Ritiro! Alle foreste tutti!

E corse.

La battaglia era finita.

La metà dei guerriglieri giaceva senza vita.

* * *

Il veicolo sfrecciava lungo la strada polverosa. La notte era scesa sui boschi e il motore faceva le fusa in modo insopportabile.

La jeep scricchiolò e sembrò dover saltare in pezzi; tale era lo stato della strada. Buche profonde e curve strette.

L'autista rimase in silenzio.

Dopo un'ora di macchina, l'autista fermò l'auto e indicò:

"Il resto è a piedi.

"Essere d'accordo.

Si avviarono lungo un sentiero, tra gli alberi. I rami secchi scricchiolavano sotto i piedi e l'oscurità era quasi completa.

Il soldato era stato all'avanguardia, tacendo a lungo, quando esclamò:

"Siamo già in territorio partigiano!

Quando raggiunsero una radura nella foresta si incontrarono.

"La mia missione finisce qui. L'ha lasciata.

"Essere d'accordo.

"Vai in quella direzione. Alla fine troverete una capanna. C'è uno dei nostri che ti dirà cosa fare.

"Ottimo.

"Addio buona fortuna!

Lisa è rimasta sola. Quell'immensa foresta cominciò a infondergli paura. Ha accelerato il passo. Gli uccelli notturni emisero il loro triste canto e intorno a lei migliaia di rumori la seguirono a passo di marcia.

Aveva paura.

Un altro tratto e ha quasi dominato la sua paura.

Finalmente vide la capanna.

Nel buio, vicino alla casa, udì una voce.

"Sei il greco?

"Sì, lo sono...

Poteva percepire come si stava avvicinando quell'individuo. Il rumore dei suoi stivali, lo scricchiolio dei rami secchi...

"Sei in ritardo.

"Sono arrivato il più velocemente possibile.

«Porta le tue carte in ordine, immagino. Non è così?

"Si certo...

"Santo cielo. Sto giocando con la mia pelle. È stanca?

"Un po.

"Ancora peggio. Non c'è tempo per riposare. Vai!

Lo sconosciuto iniziò a camminare velocemente. Lisa lo seguiva a malapena. Erano entrambi spaventati.

Fece cenno a Lisa di tacere.

"Ci sono diversi partigiani della sorveglianza lì. Dobbiamo fare una deviazione...

"Essere d'accordo.

Venti minuti dopo, Lisa si ritrovò in una stanza spaziosa, sola, davanti a un letto che prometteva un lungo riposo notturno.

L'uomo che l'aveva condotta lì era scomparso di nuovo e al mattino avrebbe ricevuto istruzioni dal suo tramite.

Lisa si avvicinò alla finestra.

Agaesti era una graziosa cittadina, con belle casette di architettura quasi turca, circondate da giardini. Sul tetro raggruppamento delle sue case di legno, nessun campanile spiccava e le sue strade erano deserte.

Lisa si distese sul letto, e cercando di calmare il suo nervosismo iniziò a cantare a bassa voce la melodia di "Lili Marlén", una canzone che, cantata da tutti i combattenti, correva da una parte all'altra in cento lingue diverse .

Alla fine si è addormentata.

All'alba qualcuno la scosse per le spalle:

"Svegliati!

La giovane donna aprì gli occhi per guardare un uomo alto e robusto con lineamenti puramente valacchi.

"Tu chi sei?

"Roustchouck è il mio nome.

Sentire quel nome. Lisa si alzò.

"Sono a tua disposizione.

"Hai fatto un buon viaggio?

"Non è affatto male. Grazie!

"Qualche disavventura?

"Non.

"Ottimo. Allora inizieremo a lavorare il prima possibile.

"Essere d'accordo!

"Hai portato l'apparecchiatura di trasmissione?

Lisa si avvicinò a una valigetta e l'aprì. C'era l'apparato. Lo maneggiava con cura.

"Lavori?

"Sì.

"Allora mettiti al lavoro...!

Intanto, giù per la strada, continuavano ad arrivare partigiani feriti e sconfitti.

7

Nel silenzio di Agaesti, i feriti sono stati assistiti nelle baracche convertite in ospedali. Lì gli abitanti del villaggio dovevano combattere il dolore con elementi molto poveri. Le cure secolari a base di erbe erano tornate alla ribalta in quel povero inferno.

Le medicine dell'antico villaggio, le bende improvvisate di stoffa, le medicine antiquate e inefficienti... Combattevano tutti a modo loro con le armi che avevano a portata di mano.

Quella mattina si udì un vecchio motore a combustione interna.

Un veicolo stava attraversando la piazza.

Era un vecchio camion agricolo.

Lisa lo guardava dalla finestra.

All'improvviso la porta della sua stanza si aprì.

Era Routschouck, il valacco.

"Sbirciare?

"Sì. Quel camion...

"Stanno tornando dalla battaglia, a Boghasi. Quel veicolo deve essere stato rubato da qualche parte.

"Vedo dal modo in cui parli che li disprezzi.

"È così. Li odio.

"Fai parte del partito nazionalsocialista o ci aiuti solo per soldi?

"Credi che abbia così poco carattere? Ho le mie idee e se il denaro mi attrae, mi interessa anche la possibilità di diventare qualcuno di importante servendo lealmente una causa.

"E non si disgusta di tradire i suoi compagni?

«Assolutamente sì. Lo spionaggio è così: una lotta spietata e crudele con le armi della falsità, dell'ipocrisia... Appartengo davvero al partito nazista rumeno, a quello della mia vera patria. Non sono bulgaro, come molti credono. ha studiato all'Università di Sofia, anche se ho trascorso parte della mia giovinezza nel mio paese. Sono stato uno dei primi seguaci di Zeleo Vodreanu, una questione che mi ha quasi fatto arrestare. Credi che non valgo più di quanto pensavi inizialmente?

"Sì, naturalmente.

Il camion si era fermato al centro della piazza e gli occupanti sono saltati a terra.

Lisa si era seduta davanti a uno specchio. Si stava pettinando i capelli.

"Routschuck!

"Che cosa?

Chi c'è in quel camion?

"È il gruppo, o ciò che ne rimane, del mio più grande nemico.

"Il tuo più grande nemico? Chi è?

Julian Nosdrev.

Lisa impallidì. Il suo viso sorpreso, turbato, turbato si rifletteva nello specchio.

"Cosa c'è che non va in lui? Lo conosci?

"Non mi aspettavo che fosse qui...

Cosa significa per te?

"I servizi segreti mi hanno costretto a 'flirtare' con quel ragazzo. Ho dovuto ottenere informazioni da lui, ma il nostro piano è fallito. Era testardo. Il suo amore per me era meno, molto meno, del suo fanatismo politico.

"Capisco.

"Devo sparire. Pensavo che lo avessero arrestato. Un uomo era in missione per fermarlo sul treno espresso dei Balcani e ha fallito. Che idiota! Un altro problema tecnico da aggiungere al comandante e a quella testa quadrata di Otto Oberq.. .

«Devo capire che sei sfuggito a una trappola tesa dai servizi segreti?

"Purtroppo è vero...

Routschouck rise forte.

"In fondo ammiro questo "maiale"... È un diavolo!

"E cosa faremo adesso?

"Se lo riconosci, può danneggiare i nostri piani?

"Naturalmente.

"Quindi è un problema. Dovrà essere risolto in modo definitivo...
Che cos'è una modalità definitiva?

"Lo faremo tacere. Ho sempre aspettato questo momento. Un colpo
alla tempia e tutto si è sistemato.

"No! Non quello!

Routschouck sorrise incredulo.

"Sentimentalità... A questo punto?

"Non è quello... Ma uccidilo...

Il valacco si accigliò.

"Non dirmelo! È il primo uomo ad essere ucciso per la sua causa? Mi
hanno parlato di te. Lo spionaggio dell'Asse ti deve molto, ma a costo
di quante vite, mio caro amico? Quindi per lui è stato facile ... Non è
vero? Alcuni rapporti, e alla tomba con coloro che l'hanno compromessa
... Certo! Non ti sei sporcato le tue belle mani ... C'è sempre qualcuno
disposto a farlo. È guerra! L'interesse di una nazione!Spionaggio,
controspionaggio, rispionaggio... e la favola infinita...

"Non hai il diritto di parlarmi così.

"Nella nostra professione non possiamo dubitare.

"È saggio dubitare!

Routschouck si accigliò.

"Sapete cosa ci accadrà se la torta verrà scoperta?

"Immagino.

"So che lo farò. L'ho visto molte volte. I proiettili sarebbero un
grande onore per noi. Ma alberi e corde abbondano in questo paese.
Ci impiccherebbero in pochi minuti. Questi tipi di tribunali agiscono
rapidamente.

Posso lavarmi le mani come Pilato? Ti assumerai la responsabilità di
agire in questo senso?

"Completamente.

"Allora fai quello che vuoi.

"Non preoccuparti. Ciao!

Routschouck è uscito. Ora l'immagine della morte ossessionava la sua mente. Il desiderio di uccidere ribolliva in tutto il suo essere. Aveva trovato un pretesto per uccidere l'uomo che odiava.

* * *

Giuliano lasciò il villaggio. Aveva dormito per quasi ventiquattr'ore, eppure ogni osso del suo corpo gli dolevava terribilmente.

Una passeggiata al tramonto non guasterebbe.

Comincio a camminare. Gli era rimasta parte di una pillola di tabacco e ha incasinato una sigaretta... Pensava al mondo che si era lasciato alle spalle, al college, quella ragazza meravigliosa, sua madre che si sarebbe consumata nell'ansia in un sobborgo di Sofia.

Stava lasciando in un buon posto il nome di quel combattente di 14 anni che era suo padre?

Aveva combattuto a Boghasi senza mostrare paura dell'ondata nemica. Aveva vinto il terrore dei corpi scartati e mutilati.

Aveva imparato a combattere!

Ricordò il suo addestramento al tiro con le armi. Prima di creare le cosche partigiane, tra gli universitari erano già stati fatti circolare volantini di propaganda contro l'Asse. Molti sono stati agganciati come previsione prima di un governo filo-nazista. Gli studenti, con il pretesto di una vacanza, stavano arrivando nel luogo segreto, tra le montagne, dove un inglese insegnava loro a maneggiare ogni tipo di arma. Era un posto in Turchia. Il comando britannico aveva inviato come organizzatore Clem Gaëtan, un noto eroe scozzese che aveva combattuto per un anno con i guerriglieri finlandesi contro le truppe sovietiche.

Bravo ragazzo, quello scozzese!

Canticchiava spesso una canzone. Com'era quella canzone? Aveva dimenticato? Giuliano sorrise. Oh no! La ricordavo in dettaglio:

Siamo l'esercito di Fred Karno.
Siamo inutili!

Non sappiamo combattere, non sappiamo sparare;
A che diavolo siamo bravi?
E quando arriveremo a Berlino, il Führer dirà:
Che gente inutile!
oh! oh! Mein Gott!
Sono i Berzota di Cavalleria ».

Ah! L'esercito di Fred Karno! Ottimo umorismo inglese!

All'improvviso, Julian interruppe le sue meditazioni.

Aveva sentito il rumore dei rami secchi.

Era immobilizzato.

Ascoltò attentamente.

Ora, il rumore degli stivali inchiodati nel sottobosco...

Chi potrebbe essere? Un nemico?

ero disarmato! Che idiota era stato! Lascia il campo senza armi!

Ha accelerato il passo. Poi si è fermato all'improvviso.

Nuovo calpestare i rami.

Lo hanno seguito!

Questa volta era quasi spaventato, davvero spaventato.

Si stava facendo buio.

* * *

Lisa nascose il viso tra i cuscini. Qualcosa lo rodeva e scatenava i suoi sentimenti contrastanti. Cosa gli stava realmente accadendo? Possibile che una donna come lei, per sua esperienza, fosse caduta nella trappola? Era davvero innamorata di Nosdrev?

Guardò l'orologio. Ogni minuto che passava la portava forse più vicina a un rimorso di coscienza di cui non sarebbe mai riuscita a liberarsi.

E lei aveva appoggiato la decisione di Routschouck!

Forse a quel tempo Julian Nosdrev non esisteva più.

Lo immaginò morto, e la vista la portò sull'orlo di un disperato nervosismo.

Quell'idiota di Routschouck!

dovevo fare qualcosa! dovevo salvarlo!

Ma... E la politica? E la missione che doveva compiere? E che dire dei Servizi Segreti, che avevano riposto tutta la loro fiducia in lei?

Tutto sarebbe svanito non appena avesse mosso un dito per salvare l'uomo che amava o pensava di amare...

Pensò al comandante delle SS bulgare. Quest'uomo avrebbe scatenato tutta la sua rabbia su di lei. Nessuno lo aveva preso in giro. Sono stati cinquant'anni di compliance, cinquant'anni di formazione degli agenti e di raccolta di informazioni... No! Che non poteva essere distrutto in pochi minuti semplicemente dal sentimentalismo di un'agente donna...

Eppure, il suo cuore gli ordinava di agire secondo coscienza, senza voltarsi indietro, senza cercare le conseguenze...

Lisa Borgsen si alzò e andò alla porta.

Non poteva, non doveva pensare!

Ha lasciato. Scese velocemente le scale e uscì in strada.

Percorse la strada principale, sotto le tettoie. Lì, nell'ultimo padiglione, avrebbe trovato l'alto comando dei partigiani. Un serbo orgoglioso e maleducato! confesserei tutto! Denuncerei Routschouck!

Improvvisamente si ricordò di Otto Oberq, il nazista, l'"Ornungspolizei" comandato da Hitler... La Gestapo si sarebbe vendicata per questo.

Improvvisamente la giovane donna si fermò.

Cosa stava per fare? Che follia!

Fece un passo indietro, tornò sui suoi passi, cercò di tornare al suo rifugio.

Improvvisamente, in mezzo alla strada, si è imbattuto in un guerrigliero.

Lui, sorridendo, la guardò dall'alto in basso.

"Ciao! Ti conosco! Il tuo viso mi ricorda qualcosa...
"Lasciami in pace! Ho fretta!
La giovane donna si fece strada e scappò.
Il guerrigliero si grattò la testa.
"La conosco e non so da dove... Vediamo...

8

Julian Nosdrev si fermò. Davanti a lui c'era l'uomo che lo aveva cercato. Roustchouck.

Il rumeno gli stava puntando contro una Luger nera. Julian guardò la canna nera dell'arma. Aveva paura. Quel dito nervoso accarezzò il grilletto.

"Roustchouck! È possibile che sia tu? Pensavo fossi dipendente dalla nostra causa...

Il rumeno rise.

"Non lotto per cause perse!

"Cosa stai dicendo? Cosa vuoi? È assurdo che tu voglia uccidermi!

«È più logico di quanto pensi, amico mio.

Julian fece qualche passo indietro.

"Non capisco!

"Fermati lì! Non voglio dover sparare prima del tempo... mi piace parlare con te... lo sai?

"E cosa guadagnerai dalla mia morte? Maiale traditore!

"Ah! Traditore? Questa era la parola che mi aspettavo da te. Il fatto che ti tradisca è mostruoso... Non è vero? Dico bene?

"In effetti... hai ragione. Mi disgusti! Mi viene la nausea solo a guardarti, e se premi il grilletto mi salverai dal vedere la tua sporca faccia ipocrita.

"Ah! Ipocrita! Ecco un'altra parola curiosa... Ebbene, voglio che tu muoia di rabbia. Sai chi lavora per i nazisti? Sai chi ti tradisce? Oh! Certo che no! Sei infelice e puoi nemmeno immaginarlo...

"Cosa diavolo vuoi dire? Non capisco niente!

"Lisa Borgsen appartiene ai Servizi Segreti ed è qui ad Agaesti...

"Miserabile! Stai mentendo!

"Mentire? Quindi così? La verità è così bella!

Il dubbio cominciò a ribollire nel cervello di Julian. Non! Non poteva essere vero! Routschouck stava mentendo. Voleva farlo soffrire

prima della morte e si era inventato quella serie di bugie... Eppure...
Perché? Perché lo ha ucciso?

Julian vide che il suo nemico era un po' distratto. Era il momento.
C'era un terrapieno dietro di lui. Saltò a terra e rotolò giù.

Era questione di pochi secondi.

Routschouck ha sparato.

Il suono echeggiò nella foresta.

Julian corse disperatamente tra gli alberi.

Era ancora illeso!

Il suo nemico ha deciso di inseguirlo.

Entrambi correvano con tutta la forza delle loro gambe.

Julian smise di ansimare. Risuonò un nuovo sparo e il proiettile si
conficcò nella corteccia di un albero...

La foresta diventava sempre più fitta. Routschouck non riusciva più
a vedere il partigiano. Continuò a costeggiare gli alberi dietro di lui.

"Non scapperai, dannata cosa!

Julian, coperto di sudore, si stava facendo strada nel sottobosco.
Rami e piante spinose gli facevano male in varie parti del corpo, ma
nella sua eccitazione se ne accorse appena. Sapeva che il colpo successivo
avrebbe colpito il bersaglio ed era stanco, esausto, cominciava ad essere
l'ombra di se stesso.

stavo per raggiungerlo!

Traendo forza dal nulla, continuò il suo volo.

Correva alla cieca, ferendo la testa tra i rami bassi, senza smettere di
guardare indietro...

È caduto e si è rialzato.

A volte in quei luoghi lussureggianti strisciava a quattro zampe.

Sentì gli stivali del suo nemico. Anche lui dovette rimanere
impigliato tra i cespugli.

Buon Dio! Lo stava raggiungendo!

Corse di nuovo. Era arrivato in un luogo paludoso. Il fetore della
palude era orribile e ondate di zanzare gli cadevano sul viso.

Spruzzò nell'acqua pozzanghera.

Il suo nemico si stava avvicinando.

Da un momento all'altro sarebbe riapparso lì, dietro i cespugli più vicini.

Si sdraiò in una grande pozzanghera. Il fetore di quelle acque stava per soffocarlo.

Ha visto Routschouck. Oscillava come un pazzo. La stanchezza le aveva incurvato le gambe.

Julian ha immerso la testa nell'acqua, dopo aver fornito quanta più aria possibile nei suoi polmoni.

Il rumeno avanzò lentamente.

I suoi occhi acuti e penetranti saettarono da un lato all'altro della palude.

Sentì un rumore sospetto e si avvicinò al luogo dove il suo nemico, coperto dall'acqua fangosa, era perfettamente mimetizzato.

Improvvisamente si sentì preso per i piedi e cadde a faccia in giù.

La pistola è caduta in acqua.

Invano ha cercato di prenderlo.

Improvvisamente, le mani le afferrarono la gola.

I due uomini si rotolarono nella pozzanghera con esclamazioni violente e gemiti pietosi.

Julian ha colpito forte la mascella del suo avversario. È caduto all'indietro.

Di nuovo, Julian si lanciò su di lui, ma sentì una suola chiodata premere contro il suo stomaco e farlo cadere con un forte calcio.

Entrambi si alzarono di nuovo.

Erano pazzi di dolore!

Ora quasi tutti i suoi colpi erano persi nell'aria.

Si ripresero e si rotolarono a terra.

È stata una lotta all'ultimo sangue!

Routschouck era forte e muscoloso. Così Julian dovette anteporre la disperazione dei suoi nervi alla forza bruta del suo avversario.

Si picchiano a vicenda nel modo più barbaro, cercando di arrivare con le unghie agli occhi e con i piedi al basso ventre.

Alla fine tutto sembrava perduto per Julian.

Il suo nemico lo aveva imprigionato tra le sue ginocchia e le sue mani ossute gli avevano stretto la gola con tutte le loro forze.

Julian sentì la vista offuscata.

A poco a poco le forze lo abbandonarono.

La sua gola bruciava e i suoi polmoni stavano per scoppiare in pezzi.

In un tentativo istintivo, una delle mani di Nosdrev scivolò nell'acqua. Le sue dita correvano alacremente nel fango.

L'arma era caduta lì!

Uno sforzo in più!

Le dita di Routschouck continuarono a serrarle la gola. Quelle unghie erano lunghe, affilate e il dolore le fece venire le lacrime agli occhi.

Digrignò i denti. Ha dovuto resistere.

Alla fine le sue dita urtarono contro un oggetto metallico.

La fortuna non lo stava ancora abbandonando!

Risuonò uno sparo.

Uno svolazzare di uccelli spaventati seguì il suono dell'arma.

Routschouck, con gli occhi spalancati, incredulo, terrorizzato, cercò di alzarsi in piedi.

Continuando a fissare il suo nemico, indietreggiò. Vacillava senza perdere l'equilibrio...

"Non non!

Julian Nosdrev, ancora con gli occhi rossi, vide la mole scura del rumeno, che ondeggiava sul punto di cadere.

Poi, quando riacquistò la lucidità visiva, scoprì nell'uomo ferito la smorfia di una paura infinita.

Routschouck gli mise la mano sulla spalla destra e quando la tirò indietro vide il palmo bagnato di sangue.

Pensava fosse una ferita lieve. Usando l'astuzia poteva ancora salvarsi...

Valeva la pena di provare!

"Non sparare! Ti confesserò tutto.

Nosdrev scrollò le spalle.

Routschouck ripeté di nuovo quella supplica, con orrore negli occhi.

"Ti dirò tutto...; ma non sparare.

Il rumeno era caduto in ginocchio e tutto il suo corpo era in un tremendo tremito.

"Confessare? Cosa confesserai? So già troppo!

«La cosa di Lisa Borgsen. È una bugia che sia qui, ad Agaesti; L'ho inventato solo per distruggere la tua tranquillità... È tutto falso...

Le idee circolavano nel cervello di Julian.

"E perché mi hai attaccato? Perché volevi uccidermi? Che diavolo stavi combinando?

"Volevo togliere la guida del gruppo. Ricorda?... sono sempre stato... invidioso di te. Hai un dono per... le persone, che mi è sempre mancato. Circondati sempre da... amici...

Routschouck tossì violentemente. I suoi denti battevano. sentivo freddo...

"Leali compagni..." continuò. Non ho mai saputo distinguere il significato di un'amicizia sincera... Sempre odiando, invidiando tutti...

Julian Nosdrev si accigliò.

"Stai cercando di risvegliare in me un po' di sentimentalismo? Sono in questa guerra da pochi giorni, ma non mi commuovo più per niente. Mi hai tradito e non posso dimenticarlo. Volevi uccidermi e le mie parole non l'avrebbero mai impedito. Ora tutto quello che mi dici è inutile. Sto per ucciderti e tu lo sai!

"No! No! Te lo giuro sulla cosa più sacra... Sosterrò la prova... Abbi compassione... Rispetta la mia vita...

Julian Nosdrev fece un sorriso amaro.

"Rispetta la tua vita? Te lo concederebbe una corte marziale? Sei pazzo! Un solo proiettile ci salverà dai problemi e non dovrai impiccarti.

"Portami al campo... Qualcuno si occuperà di difendermi.

"Hai permesso a qualcuno di difendermi?

La rabbia accecò Julian.

Era stufo di tanta ipocrisia.

Ancora i graffi delle unghie di Roustchouck gli riempivano la gola di dolore.

Non poteva. Non deve esitare!

Ha sparato di nuovo.

Roustchouck emise un grido straziante e si piegò in due...

Il proiettile gli aveva colpito la pancia.

Si mise entrambe le mani sullo stomaco.

"Sto morendo! È terribile!

Roustchouck si sentiva come se un fuoco gli bruciasse l'intestino e lo facesse gemere ancora e ancora.

Pentiti se credi in Dio. La tua vita sta finendo. Hai avuto la punizione che meriti.

"Maiale! Liberami da questo dolore! Finisci il tuo lavoro!

"Non è opera mia, ma tua!

Julian ha sparato per la terza volta.

Roustchouck fu scaraventato a terra, all'indietro.

Un proiettile gli aveva perforato il cranio.

Julian Nosdrev guardò il corpo per qualche minuto.

C'era la sua vittima, piegata in due, curva come un parassita, nel fango puzzolente di quelle oscure paludi popolate di zanzare.

I corvi non avrebbero tardato ad arrivare. Non appena voltava le spalle alla palude, gli uccelli neri scendevano a banchettare, come sui campi di battaglia. Maledetta guerra! Erano tutti ciechi!

Ora il partigiano disapprovava la sua azione. Era diventato così brutalizzato? Dopotutto, Roustchouck era un essere umano.

Julian Nosdrev iniziò ad allontanarsi da quella palude. Gli sembrava tutto assurdo. L'uomo, la vita, la guerra e, soprattutto, il cambiamento che aveva vissuto con un fucile in mano.

Perché continuare a combattere?

C'era la Bulgaria, il re Boris, il Führer Hitler, il maresciallo List e un labirinto di uomini e armi.

9

"E sei sicuro che fosse lei?

Il partigiano scrollò le spalle.

"Come posso dubitarne? Una faccia simile non si dimentica facilmente.

Julian Nosdrev passeggiava nervosamente da un lato all'altro della stanza. Stava fumando una sigaretta e la preoccupazione brillò nei suoi occhi.

"Va bene.

Julian poi guardò un uomo dall'aspetto più maturo, con un viso flaccido e soddisfatto, che mostrava vera tranquillità. Era il capo dei partigiani Agaesti.

"Quindi quello che ha detto Roustchouck era vero!

"Non affrettiamo le cose, amico Nosdrev... Non abbiamo prove contro di lei. Inoltre, potrebbero esserci altre spie in città e dobbiamo stare attenti se vogliamo catturarle.

"Hai ragione...

"Beh... hai qualche idea?

«No. È un'agente di Sofia... e quindi attende le confidenze di Roustchouck per trasmetterle alla capitale.

"Certo che lo è. Ma... Come puoi dimostrarlo?

"Devi preparargli una trappola. Catturala al suo stesso gioco. Cacciala con le stesse armi...

"Cosa significa?

"Ho ascoltato. Sto andando in missione... a quanto pare. Faremo diversi documenti falsi...

"A che fine?

"Saranno informazioni segrete destinate al governo greco e alle sue truppe di resistenza...

Nosdrev si avvicinò a una mappa appesa al muro.

"Tracceremo una rotta da seguire. Io stesso partirò con una pattuglia per andare al punto X, dove mi aspetterà un immaginario collegamento greco...

"Capisco. E a cosa servirà?

"È il fondamento del piano.

Julian si avvicinò alla scrivania.

"Hai carta e matita?

"Sì. Ecco qua.

Nosdrev iniziò a scrivere:

"A causa di circostanze importanti, mi è impossibile avvicinarmi alla città. La missione per eliminare Nosdrev è già stata compiuta. Non devi preoccuparti. Ora devo darti un ordine:

«Trasmette senza perdita di tempo il seguente rapporto:

Domani mattina una pattuglia partirà da Agaesti. Portano documenti da consegnare ai membri della resistenza greca. Sono estremamente importanti per noi.

Julian consegnò il foglio al suo superiore.

«Be'... perquisisci il bagaglio di Roustchouck. Troverai senza dubbio qualcosa di scritto con la sua stessa grafia. Chiedi a uno specialista di copiare questo testo e a un guerrigliero di portarlo nella casa in cui vive Lisa Borgsen. È anche conveniente che montino la sorveglianza. Forse cercherò di scappare, anche se non la penso così, mentre immagino di essere morto e Roustchouck è ancora vivo.

Julian Nosdrev si sentì una pacca sulla spalla.

"Deluso... vero?

"Sì.

"L'amavi molto?

"Abbastanza.

"L'amore non è fatto per noi, credimi... Non abbiamo tempo per amare...

"È vero. Non c'è tempo per ciò che gli esseri umani normali chiamano sentimenti...

E quale rimedio? La guerra ha sostituito il mio cuore con un pezzo di pietra... Cosa faremo? Il mondo è così e non possiamo cambiarlo. Odiamo fino a quando questo odio diventa una necessità estrema... Se non ci sono più sentimenti, tanto peggio per i nostri nemici...

Nosdrev annuì.

"Parto domani mattina! Scegli uomini buoni!

"Avrai la tua pattuglia pronta... Ma... Ti è mai venuto in mente che in questo tentativo di avere una prova contro Lisa Borgsen potresti lasciare la tua pelle?"

"Questa è la mia cosa. Gli uomini che mi seguiranno in quell'avventura saranno volontari. Vale la pena provare!

"Ah! Sarà senza dubbio uno spettacolo estremamente stimolante per gli uomini. Sarà la prima volta che una bella donna viene giustiziata come spia qui...

"Se dimostriamo la sua colpevolezza...

"Come? Hai ancora dubbi?

"Sì. Ho ragione. Ero innamorato. Già dimenticato?

"Prendi le sigarette per il viaggio. Ti serviranno per contenere i tuoi nervi...

"Lo farò. Grazie!

* * *

Il camion sfrecciava lungo la strada polverosa, disseminata di buche e irta di sassi.

Mentre avanzava, quel veicolo emetteva il rumore delle sue piastre metalliche, sciolte da ogni parte, e il ronzio del suo vecchio motore...

In modo estremamente rustico e improvvisato gli uomini di Nosdrev avevano trasformato il camion della fattoria in un veicolo blindato, se così si poteva chiamare.

Avevano posto due grandi lastre d'acciaio che coprivano il cassonetto della stessa, alla maniera di un tetto a doppia falda. Sul retro era stata posizionata una mitragliatrice da campo e nelle piastre erano state praticate feritoie per sparare.

In questo modo, quello strano congegno, che somigliava a qualche macchina in un periodo di sperimentazione, veniva buttato giù per quella strada deserta e dissestata, per dirigersi verso un luogo immaginario.

Il paesaggio era triste. Da una parte il fiume, sulla cui sponda lontana si stendeva, irregolare e irregolare, il braccio pietroso di un promontorio, proiettando nell'acqua un ammasso di rocce rossastre ricoperte di terra sabbiosa e di alte eriche.

Nella brusca ansa del fiume, pochi chilometri più in basso, avanzava un enorme masso, dove i ruderi di un'antica rocca dominata da una torre, ancora in piedi...

Dall'altra parte si stendeva una pianura pietrosa, un prato di un verde pallido, che arrivava fino alle montagne all'orizzonte...

Julian, seduto accanto all'autista, era pensieroso. Stava facendo sforzi reali per padroneggiare i suoi ricordi. L'immagine di Lisa Borgsen lo perseguitava costantemente. Come fuggire da quell'incubo?

Era assurdo cercare di dimenticare il passato, quando era ancora fresco nella mente del giovane. Il ricordo del suo "flirt" tornava con tutta la sua romantica immensità, con tutta l'intensità affettiva, e lo perseguitava.

Sospirò profondamente.

Si intravedevano ancora nitidi i pomeriggi studenteschi, quando la giovane donna gli rivolgeva carezze e parole promettenti, alle quali non era difficile credere.

"Guarda lì, capo...

"Che cos'è?

"Il castello di Marrasis... Non ne hai sentito parlare?

"No mai...

"Ora rimangono solo rovine. Durante la Guerra d'Indipendenza, un manipolo di patrioti resistette all'attacco di Osmanlis per due anni... Riesci a immaginare? Era una magnifica fortificazione!

"Strano posto!

«Molto buono per un'imboscata. Non credi?

"Può essere!

"Pensi che ci attaccheranno?

"Questo è l'ignoto che dobbiamo chiarire ...

Julian Nosdrev tornò alle sue meditazioni. Vorrei che non fosse successo niente. Come vorrei essermi sbagliato!

Se non fosse successo nulla, se la missione fosse andata a buon fine, Lisa Borgsen le avrebbe salvato la vita.

La giustizia dei comitatji fallirebbe!

Il camion ha rallentato.

Nosdrev guardò l'autista.

"Cosa succede?

"Quella strada è quasi impraticabile. temo per gli assi...

Giuliano guardò fuori dalla finestra.

Niente. Luoghi desolati!

Calma ovunque!

"Non puoi vedere un'anima!

"Sei sicuro? Guarda là...

Al centro della strada c'era un uomo con un mitra in mano. Indossava un cappello di pelliccia, pantaloni dell'esercito bulgaro e stivali a metà polpaccio.

C'era una baracca a lato della strada, fatta di coperte e canne...

"Ehi! Chi sono!

"Chissà ...

"Diminuisce la velocità.

La strada formava un lungo rettilineo. Lo sconosciuto ha fatto segno al veicolo di fermarsi...

"Cosa facciamo, capo? Devo smetterla? Quei ragazzi non mi ispirano fiducia? Guarda lì...

Altri cinque uomini erano usciti dalla baracca.

Erano circa cinquanta metri per raggiungerli.

Nosdrev ha riconosciuto che indossavano tutti indumenti dell'esercito bulgaro...

"Non fermarti! Potrebbe essere una trappola!

"Quello che faccio?

"Accelerare!

Il conducente ha premuto sull'acceleratore e il veicolo ha accelerato rapidamente.

Quei rari individui sono saltati alla grondaia, emettendo mille urla e imprecazioni.

Uno di loro aveva sparato ei suoi proiettili avevano scheggiato il parabrezza. Mosso dalla rabbia, non era riuscito a contenersi.

«Perché non ci siamo fermati, capo? Erano solo cinque!

"Non possiamo rischiare. Potrebbe essere una trappola. Non mi piace portare estranei dietro la schiena.

"Hai idea di chi potrebbero essere?

"Come fai a saperlo? Forse erano solo disertori che volevano unirsi a noi...

Il camion ha proseguito la sua corsa. Nel cassetto in fondo i partigiani cantavano e scherzavano sull'accaduto.

Magnifica morale di quegli uomini!

La strada continuava ad allungarsi attraverso una vasta pianura, un rettilineo che si perdeva all'orizzonte...

"Stai calmo, capo...

"Così è. Comunque, la pianura può sempre riservarci una brutta sorpresa...

"È vero. Ricordo che una volta...

"Stai zitto! Che cos'è?

L'autista guardò il luogo indicato da Nosdrev.

"È un aereo!

"Che cosa?

C'era un ronzio nell'aria.

Un biplano è apparso nello spazio.

"Mitragliateci! "Gridava l'autista molestato da un panico tremendo e improvviso.

"Non essere stupido! Non vedi che è un aereo da ricognizione?

"Un aereo?

"Certo. Resta fermo al volante!

L'autista premette di nuovo sull'acceleratore.

L'aereo ha perso quota e si è diretto verso il veicolo come un uccello da preda.

"Ehi! Dove sta andando quel pilota?

Il dispositivo è passato basso sopra il veicolo. Il conducente ha perso la direzione e ha frenato.

Il camion è stato lasciato con due delle sue ruote nel fosso, inclinato, mentre i suoi occupanti lo hanno abbandonato, temendo che si ribaltasse.

L'aereo si è evoluto come se stesse osservando il gruppo e poi si è allontanato all'orizzonte.

Intanto i partigiani maledicevano l'autista per la sua goffaggine...

10

Non senza troppa fatica, i dodici partigiani che componevano la pattuglia vennero a mettere a posto il mezzo. Tuttavia, le sue disavventure non sono finite qui...

Non appena il camion si rimise in marcia, qualcuno gridò:

"Arrivano!

Julian ha puntato il binocolo verso quel luogo.

"Per l'inferno! Chi sono quelli adesso?

Il giovane aveva distinto un gruppo compatto di cavalieri che li stava attaccando...

"Attenzione! Tutti pronti! Ci attaccano!

Julian osservava i suoi nemici. Potevo vedere i loro elmetti e le loro uniformi verdastre...

"Sono gli ungheresi!

"Ungheresi, capo?

"Sì. Ne avevo sentito parlare... I loro reggimenti di cavalleria sono diventati famosi...

"Spariamo adesso?

"No! Lascia che si avvicinino!

Il camion ha proseguito il suo percorso.

In fondo, dietro le lamiere d'acciaio, i partigiani preparavano i fucili puntando verso il basso le feritoie delle frecce...

Due di loro prepararono la mitragliatrice posteriore.

Julián tirò fuori un mitra che aveva nascosto sotto il sedile della cabina e lo infilò fuori dal finestrino.

"Pronto! Affina la mira!

I cavalieri si stavano avvicinando al galoppo.

Abili al massimo grado, i soldati hanno sparato con le armi contro l'auto dei loro avversari ...

Julian aspettò ancora qualche secondo.

Si stavano preparando per sparare!

Era il momento!

"Fuoco!

Le detonazioni echeggiarono nello spazio.

Al primo tiro al volo, diversi cavalli hanno perso i loro cavalieri ...

Grida di entusiasmo si levarono dalle gole dei partigiani...

L'autista diede gas.

Il motore strideva. Sembrava dovesse esplodere.

Gli aggressori erano rimasti indietro.

Adesso il gruppo di soldati ungheresi li stava inseguendo a una ventina di metri di distanza.

"La mitragliatrice!

La pistola cominciò a vomitare la sua serie di proiettili con un tintinnio diabolico e incessante.

Questa volta i proiettili hanno abbattuto soldati e cavalcature.

Ciò ha seminato confusione tra gli aggressori.

Hanno vagato fuori dal poligono di tiro della mitragliatrice, per riorganizzarsi ...

"Penso che possiamo liberarci di questo! esclamò Julian, mettendo un nuovo pettine sulla sua arma.

L'autista sospirò, scuotendo la testa.

"Non crederci! Guarda avanti!

"Che cosa?

Diversi cavalieri hanno attaccato il furgone del camion.

"Fuoco!

Julian ha sparato attraverso il parabrezza. Uno dei cavalieri, colpito proprio al cranio, cadde all'indietro, lo stivale impigliato nella staffa. Il cavallo selvaggio lo trascinò attraverso il prato...

Una pioggia di proiettili è caduta sull'abitacolo del veicolo.

L'autista urlò e scese dal volante.

Era crivellato!

Julián, che si era salvato da morte certa accovacciandosi sotto la mole del motore, balzò per prendere i comandi del camion, cosa che fece ripetutamente prima di riprendere la direzione.

"Eccoli di nuovo! Fuoco!

Una nuova raffica rallentò l'avanzata dei cavalli.

Alcuni soldati, colpiti a morte, sono caduti a terra.

I cavalieri si erano resi conto della difficoltà di avvicinarsi a questi uomini ben protetti dalle retrovie, soprattutto a causa della mitragliatrice.

Improvvisamente Julian premette il freno, ma nonostante ciò il veicolo sbandò con uno stridio di ruote e colpì una roccia.

Il capo dei partigiani uscì dalla sua cabina e si sdraiò a terra, il mitra in mano.

"Non lasciare che nessuno lasci il tuo sito!

Molti dei soldati smontarono da cavallo, e all'ordine di un ufficiale si avvicinarono, curvi, nascondendosi in alcune irregolarità del terreno, a poca distanza dalla strada.

"Fuoco!

Una raffica chiusa cadde sulle piastre d'acciaio.

La risposta dei comitatji è stata immediata.

Le museruole dei fucili che sporgevano dalle feritoie portavano avanti tre ungheresi.

La mitragliatrice suonò di nuovo.

I soldati hanno dovuto farla tacere!

Un casco stava scivolando sul terreno. Julian gli ha sparato ripetutamente, senza successo.

Il soldato si alzò in piedi. Ora era più di un semplice casco. Un fagotto umano leggero e scivoloso.

"Quello! Spara a quello! Prendi una granata!

L'avvertimento è arrivato tardi. Il soldato corse a zigzag e, con uno sforzo supremo, lanciò la granata.

Julian lo raggiunse e la forza del suo braccio diminuì con l'artiglio della morte...

Il soldato è caduto di faccia e la granata è esplosa a un passo dal veicolo...

Julian Nosdrev ha visto cosa stava per succedere.

La recinzione si stava stringendo!

"Tutti fuori! Veloce!

Gli uomini non capivano.

"Questo è un ordine! Tutti a terra! Il camion sta per esplodere!

Questa volta l'ordine è stato immediato. I comitatji hanno abbandonato il veicolo e si sono buttati a terra per proteggersi.

Uno shock ha accecato la vita di quattro di loro.

La situazione non potrebbe essere più critica.

* * *

Lisa Borgsen si accese una sigaretta. Gli tremavano le mani. Inalò il fumo pensierosa. Davanti al suo piccolo dispositivo trasmettitore, rimase immobile per un momento. Ero davvero spaventato e la notizia non c'era da meravigliarsi:

Lo zio Anastasio è morto. Vieni a volare.

Quello era il segnale di pericolo. Qualcosa non andava o la sua vita era in pericolo...

doveva andare!

Lisa Borgsen si avvicinò alla sua valigia. L'aprì, rovistandoci dentro per qualche secondo...

"Eccolo! Mio buon amico...!

Estrasse una pistola e la esaminò attentamente. Tirò fuori il caricatore per controllarlo e lo rimise a posto.

Tutto era pianificato se quel caso fosse arrivato!

Sarebbe fuggito, avrebbe abbandonato questa città e la missione che lo aveva portato ad essa.

Adesso era già tutto inutile!

Rimaneva solo il tentativo di salvargli la vita. Avrebbe attraversato i boschi nel cuore della notte, cercando di raggiungere la base aerea...

Se solo potesse rubare un veicolo!

Maledetti partigiani!

Mise la pistola nella tasca del cappotto e frugò di nuovo nella valigetta. Ora tirò fuori una piccola scatola di metallo. Quando l'ho aperto, sono apparse le capsule ...

Ne prese uno tra le dita.

Fragile e leggero come un caramello.

Si poteva tenere in bocca, e solo quando veniva tagliato con i denti appariva il veleno.

La morte è stata istantanea.

Sì. Queste erano le istruzioni che aveva ricevuto dai suoi capi. Sapeva molte cose. Era persino a conoscenza di dettagli riguardanti i segreti militari più importanti.

Se fosse stata catturata, non avrebbe potuto dubitare.

Andò alla finestra.

La strada era deserta e pioveva a dirotto. Si sentivano i fili dell'acqua sulle tegole e sulle finestre...

Dover uscire con quell'ora!

Si infilò il cappotto, si legò una sciarpa sulla testa e aprì la porta della camera da letto.

Non si vedeva nessuno sulle scale.

Era il momento.

Scese lentamente, passo dopo passo, con tutti e cinque i sensi attenti...

La pioggia a tratti si intensificava e i raggi illuminavano lo spazio...

Lisa raggiunse il fondo delle scale.

All'improvviso si è fermato!

Qualcuno si era avvicinato alla porta.

Le sue dita cercarono meccanicamente l'arma nascosta nella tasca del cappotto e, senza tirarla fuori, l'accarezzò, solo per infondere fiducia in se stessa.

Uscì in strada e fu sorpreso di non vedere nessuno.

Forse era stata tutta la sua immaginazione!

Si è trasferito sotto i portici.

Al di là si sentivano voci e canti.

Dev'essere la taverna.

"Alto! Tranquillo lì!

Lisa guardò da dove proveniva la voce.

Un partigiano, completamente vestito, le puntava contro un fucile...

"Cosa succede?

"Documentazione.

Lisa lo osservò per un momento prima di obbedire.

"Perché? Cosa succede?

"Documentazione! Veloce!

Lisa ha cercato tra i suoi effetti personali.

Ecco il mio passaporto.

"Ah! Straniero?

"Sì.

"Greco?

"Non sa leggere?

"Sembra tutto in ordine. Un'altra donna vive in questa casa?

"Perché? Cosa è successo?

«Ho l'ordine di arrestare Lisa Borgsen. La conosci?

Lisa scosse la testa.

"Beh... puoi andare!

La giovane donna riprese la marcia. Non aveva ancora fatto molta strada, quando la sentinella ordinò:

"Ascolta! Torna qui!

Il partigiano aveva paragonato la sua descrizione ai lineamenti della ragazza. Come due gocce d'acqua! Non c'erano dubbi! I documenti erano falsi!

Lisa si rese conto di essere stata scoperta e iniziò a correre.

La sentinella esitò qualche secondo prima di seguirla. poi si è deciso...

"Alto! Fermati o sparo!

Lisa lo ignorò. Non sono riusciti a prenderla!

Continuava a correre per strada.

Si voltò.

La sentinella lo stava raggiungendo.

Una tromba d'acqua cadde su entrambi e i loro piedi scivolarono sull'acciottolato.

Lisa ha puntato la pistola contro il partigiano e ha sparato quasi a bruciapelo...

La sentinella rotolò sul pavimento di ciottoli. Giaceva a faccia in giù, immobile, mentre la pioggia scatenava su di lui tutta la furia dei suoi fili liquidi.

"Alto!

Ci fu un'altra voce e un nuovo rumore di stivali sul terreno bagnato della strada.

Lisa ha ricominciato a correre.

Un partigiano le puntò contro il fucile.

Non poteva fallire.

Qualcuno ha abbassato la pistola su di lui.

"Ancora! Dobbiamo prenderla viva!

11

I combattimenti avevano assunto un aspetto allarmante per i partigiani. I proiettili avevano ucciso sei degli uomini, e i restanti sei erano come giocattoli di un combattimento chiaramente perso...

Gli ungheresi al servizio del Führer si moltiplicavano di minuto in minuto.

Una granata ha fatto saltare il camion in mille pezzi. Le fiamme si sono alzate miste a pennacchi neri di fumo e il rumore dell'esplosione si è sentito a diversi chilometri di distanza. I serbatoi del gas erano pieni...

"Sono intrappolati! Arrenditi!

Era un chiaro avvertimento da parte di un ufficiale.

Uno dei partigiani fissò Nosdrev, cercando la sua decisione...

"Tu sei il capo. Cosa facciamo?

"Non so cosa fare. Ci finiranno comunque.

"Ci uccideranno se ci arrendiamo?

"È logico che lo facciano.

"Tuttavia...

"Non girarci intorno, ragazzo. Non abbiamo né bandiera né uniforme e questo equivale a essere fucilati come spie.

"E se non ci arrendiamo?

"Abbiamo a malapena la forza per sparare!

"Non è tutto. Le munizioni stanno finendo.

E sono tanti. Ci circonderanno e moriremo fucilati... Non c'è via di fuga possibile. In ogni caso, se ci arrendiamo, alcuni di loro possono salvarsi la vita se li usano come scambio...

"Un commercio?

"Cioè. Abbiamo prigionieri nazisti. Chissà se le cose andranno a nostro favore?

"Ci proveremo!

La voce di un ufficiale ripeté l'avvertimento.

"Arrenditi con le mani in alto! È assurdo che cerchino di resistere. Sono circondati!

Gli ungheresi videro apparire Julian Nosdrev, le mani sulla testa, avanzare lentamente verso i suoi nemici, seguito da quattro dei suoi uomini...

E il sesto si lasciò vincere dalla paura e fuggì, corse all'impazzata, abbandonando il fucile...

I soldati hanno sparato.

Non fece più di qualche passo.

L'hanno lasciato a secco.

* * *

Lisa Borgsen era persa. Ha sparato di nuovo con la pistola diverse volte, ma i suoi proiettili sono andati persi in aria.

I suoi inseguitori lo avevano circondato.

Qualcuno ha ordinato:

"Non spararle! Devi prenderla viva!

Improvvisamente, Lisa sentì una strana mano torcerle il polso, facendole cadere la pistola.

Sette partigiani le caddero addosso.

"Strega! Non scapperai più!

Aveva le mani legate dietro la schiena.

Un comitatji la schiaffeggiò.

"Hai ucciso un compagno! Maledetto!

Lisa era spaventata.

Gli avevano sputato in faccia.

Per la prima volta capì cosa significasse. Quelle parole di disprezzo, quelle umiliazioni sminuirono rapidamente il suo orgoglio.

Adesso non si sentiva nemmeno una donna, la donna forte e fatale che faceva morire gli uomini e che contestava i servizi di spionaggio dei paesi belligeranti.

Una cantina era stata allestita ad Agaesti come prigione di punizione. In basso l'umidità era così intensa che sulle pietre dei muri apparve del muschio. Sbarrato, l'unica minuscola finestra, quel luogo puzzolente era immerso in una profonda oscurità.

Lisa Borgsen è rimasta sola. I suoi vestiti impedivano a malapena il freddo. I suoi carcerieri gli avevano tolto il cappotto e poi, come simbolo del suo tradimento unendosi ai nazisti, gli avevano tagliato i lunghi capelli.

Passarono così tre ore.

Poi il carceriere ha fatto entrare qualcuno.

Sulla soglia apparve la figura di un uomo alto e magro. Poi la porta cigolò di nuovo mentre si chiudeva.

Lisa osservò lo strano individuo avvicinarsi lentamente a lei...

"Posso parlare con te per qualche minuto?

"Tu chi sei?

"Sarò incaricato di difenderla al processo.

"Difendimi? Qualcuno mi difenderà?

"Ecco come stanno le cose. Noi comitatji vogliamo fare le cose bene. Non siamo più nella prima guerra europea. La giustizieranno con tutti gli onori. Oh! Hai abbastanza accuse per farti ammazzare senza indugio, ma saremo scrupolosi per una volta nella vita... Altrimenti... Cosa direbbero i nostri amici, gli inglesi ei russi?

"Capisco... E in che modo mi difenderai?

"Non lo so ancora. Sono uno studente di giurisprudenza. Legge bulgara, ovviamente ...

"Naturalmente.

"Pertanto, ignoro le leggi che sono valide qui e quelle che non lo sono... Devi seguire il buon senso.

"Buon senso?

"Quello è.

"Allora puoi fare poco per me...

"Esatto, davvero. Hai ucciso una delle nostre sentinelle e segnalato ai nostri nemici. La cosa non potrebbe essere più brutta. Ha solo bisogno di sposare Hitler!

"Le sue battute non sono affatto divertenti. Hai trovato il trasmettitore?

La voce di Lisa tremava. Ero terrorizzato all'idea di appendere ...

"Naturalmente. Hanno perquisito la sua stanza centimetro per centimetro.

"Quindi, ti suggerisco di andare via e lasciarmi in pace. Non può fare niente per me...

"Ci proverò, nonostante tutto. penserò a qualcosa.

Lo strano tipo è uscito dal dungeon. Di nuovo la giovane donna fu lasciata sola al buio. Con le mani giunte davanti al viso, singhiozzava a lungo...

"Non voglio morire! Non voglio!

Fuori i partigiani, accecati dall'odio, discutevano se fosse meglio appenderla per il collo o per i piedi e mitragliarla in quella posizione.

Davvero... Chi potrebbe sapere cosa sarebbe realmente accaduto?

* * *

Otto Oberq stappò una bottiglia di "Dukat Erzeugnis" e riempì un bicchiere. Allora il tedesco biondo osservò i suoi cinque prigionieri, in piedi in un angolo, le mani legate dietro la schiena. Tutto buio! Fazioni latine, fazioni turche, caratteristiche serbe ed ebraiche... Ah! Maiali!

Razze inferiori! Solo lui, un ariano... apparteneva alla razza superiore. I suoi lineamenti erano perfetti! La vera, la vera razza bianca! Gli altri erano esemplari di una razza degenerata!

"Un drink, amici? Ah! È un liquore troppo delicato per le vostre gole sporche!

Il tedesco sorseggiò il liquido. Gli fu espressamente inviato da un mercante bavarese...

"Sì. Può essere vero..." continuò: I documenti devono essere bruciati, senza dubbio, nel camion... Non è vero?

Il tedesco schiaffeggiò in faccia uno dei partigiani. Il naso aquilino del guerrigliero cominciò a sgorgare sangue e il liquido viscoso inondò la barba del prigioniero...

Vedendo ciò, Julian Nosdrev gridò:

"Lasciateli! Io sono il capo del gruppo!

Otto Oberq guardò sorpreso colui che aveva parlato. Ah! Era davvero un ragazzo coraggioso...

Afferrò Julian per la maglietta fino a fargli arrossire il viso...

"Quindi sei responsabile?

"Ecco com'è.

"Come ti chiami?

"Nosdrev! Julian Nosdrev!

"Per il diavolo! Il tuo nome suona familiare... Devi essere un buon pezzo... Giusto?

"Lasciali a loro... Lascia andare i miei uomini e parleremo con calma... Non sanno niente...

"Meno male! Sergente!

"Dite signore...

Un ufficiale ungherese aveva alzato la mano ai talloni. Otto Oberq lo osservò per un momento...

"« Erfüllen die ornung! Schnell! "

Con un nuovo clic, l'ufficiale si allontanò.

Pochi secondi dopo, diversi soldati entrarono, slegarono tutti i prigionieri tranne Giuliano e li portarono via.

Otto fissò Nosdrev.

"Bene! Possiamo parlare con calma adesso?

"Cosa hai intenzione di fare con i miei uomini?

"Ah! Non preoccuparti... ti libererò!

"Cosa diavolo hai ordinato a quell'ufficiale?

"Come? Non capisci il tedesco? Pensavo fossi più intelligente. Già solo per questo meriti di essere fucilato...

Il nazista andò al tavolo e si versò un altro drink.

Poi si avvicinò di nuovo a Julian.

"Beh, amico... Cosa mi dicevi dei documenti?

"Era un rapporto segreto destinato alle truppe di resistenza greche...

"Tu ne conoscevi il contenuto... Parla!

Il rumore di mitra che si udì in quei momenti interruppe entrambi gli interlocutori.

Terrorizzato, Julian si rifiutò di credere alla sua immaginazione.

"Che cos 'era questo?

Otto Oberq sorrise:

"Niente! Non preoccuparti...

"Niente?

Julian serrò le mascelle. Le sue mani spezzarono le corde che lo imprigionavano... Si fece male ai polsi... Fissò il tedesco ei suoi occhi erano pieni di lacrime e sangue.

"Dannazione! Li hai fatti uccidere!

"E cosa ti aspettavi?

"Non hai guadagnato nulla da questo.

"Ho l'ordine di eseguirli. Sono nemici del re e dei paesi dell'asse. Spie, partigiani, banditi!

"Ti dimentichi che io sono parte di loro...

Il nazista sorrise cinicamente. Guardò il partigiano.

"Povero disgraziato!

"Non tanto quanto immagini!

"Cosa intendi?

"Quei documenti non esistono e non sono mai esistiti.

"Tu menti! E ci penso io a farti confessare... Conosci la vasca da bagno? Nessuno si rifiuta di parlare dopo averla provata.

"Che dici?

"Ti immergerò in una vasca chiusa con una ringhiera. Poi scalderò gradualmente l'acqua... Rilascerai la lingua!

"Non potrò dirti quello che non so. Per ogni evenienza, ascolta la verità ora... Era tutta una trappola. Avevamo bisogno di prove contro Lisa Borgsen ... Se ha trasmesso il falso rapporto, la sua colpa è stata esposta ...

"Lisa Borgsen?

Otto Oberq cominciò a capire. Quest'uomo non stava mentendo.

"Certo. Indubbiamente, a quest'ora è già stata arrestata. La interrogheranno, la asciugheranno... e non si fideranno che Roustchouck la zittisca. Quel traditore è morto...

Il tedesco camminava nervosamente da un lato all'altro della stanza. Erano troppi dati. Troppi dettagli.

Giuliano continuò.

"La tua organizzazione fallirà se lei parla. Tutti i dettagli del servizio segreto nazista in Bulgaria saranno conosciuti. Nomi e dati andranno nelle mani del controspionaggio alleato...

"Estrarremo segreti anche da te!

"A me? Non essere ingenuo. Sono nei Balcani per combattere, non per fare la spia... ti farò una proposta...

"Una proposta? Tu a me?

"Così è. Propongo uno scambio.

"Quale commercio?

"Lisa Borgsen contro di me.

"E i tuoi compatrioti accetteranno?

"Niente è perduto provandolo.

Otto Oberq, molto seccato, con voce tremante di rabbia, lasciò la stanza.

Julian Nosdrev ha giocato l'ultima carta per salvargli la vita.

I loro compagni accetterebbero?

Indubbiamente, quello scambio sarebbe stato effettuato entro un periodo di ventiquattro ore...

Non restava che aspettare...

12

Lo scambio è avvenuto dodici ore dopo l'interrogatorio di Nosdrev. Non appena Otto Oberq ebbe notizia dell'accaduto ad Agaesti, si affrettò a precisare le condizioni del cambiamento con i capi partigiani.

L'incontro doveva svolgersi in quella che si poteva logicamente chiamare terra di nessuno...

Era un luogo dei Balcani, un altopiano raggiunto da una stretta gola, un luogo che altrimenti sarebbe stato l'ideale per un'imboscata.

E questo posto aveva una storia. Un secolo prima, durante la Guerra d'Indipendenza, i russi avevano teso un'imboscata ai turchi, che avevano deciso la loro vittoria in quel settore.

Era l'orario concordato.

È arrivata un'auto, un blindato per terreno montagnoso, pieno di svastiche e occupato da una pattuglia tedesca...

Julian Nosdrev è stato rimosso dal veicolo.

Otto Oberq fumava nervosamente una sigaretta.

"Beh, Nosdrev... i tuoi amici non sono ancora arrivati?

"Se ti hanno dato la tua parola, verranno, non commettere errori...

Il tedesco si guardò intorno.

Su questa pianura a forma di fuso, alte montagne fiancheggiavano un terreno sassoso pieno di erbe spinose e cespugli sabbiosi.

"Una sigaretta?

"Perchè no?

Le mani di Julian erano legate da manette di metallo. Di conseguenza, il nazista gli mise una sigaretta tra le labbra e l'accese.

Il partigiano lo guardò.

"Perché è così gentile con me?

"Che altro posso fare? Prenderlo a calci non mi dà più il minimo piacere.

"Fammi dubitare, mio nemico 'herr'...

Il nazista sorrise.

"Dimmi... Perché ti uccidi combattendoci? Cosa succede? Gli abbiamo fatto qualcosa personalmente? Non mi farai credere che sei un semplice idealista...

"E cosa ci sarebbe di strano?

"Non lo so. Sei gentile con me, un bel nemico, se esiste. Capito? Penso che tu sia qui per arricchirti a costo della guerra... Quanto bottino hai già accumulato?

Anche se mi mancherai e ti deluderò, sono qui per sconfiggere i nazisti... Quello che hai detto...

Puri idealismi!

"Esiste davvero?

"Esiste.

E ci sono persone così ingenue? Alla fine della guerra... chi si ricorderà di te e quanto hai fatto? I tuoi stessi figli lo dimenticheranno anche se lo racconterai mille volte... Storie di idealisti! È la cosa più assurda che abbia mai sentito e ti darò un consiglio. Fai come me e come Lisa Borgsen. Quando la guerra sarà finita, saremo ricchi. Non per niente avremo barattato con la follia degli uomini. Buon bottino! Che è lottare per qualcosa di positivo... Capisci?

"Sì...

"E bene?

"Mi dispiace per te.

La conversazione è stata interrotta. Era appena arrivata una jeep. Sul motore aveva le iniziali: "FLB", ovvero Forze di Liberazione Bulgare, un piccolo gruppo di idealisti che sarebbe passato alla storia come un'anonima aggregazione alle bande guerrigliere rumene e serbe.

Diversi partigiani scesero dall'auto, i fucili pronti per qualsiasi sorpresa.

Lisa Borgsen era lì.

Ero pallido, emaciato...

I due gruppi erano a una distanza di un centinaio di metri.

Non c'era spazio per imbrogli o inganni.

Uno dei partigiani si portò alla bocca un megafono e gridò:

"Attenzione! Nazisti! Mi senti?

Dì qualunque cosa!

"Va bene... Rilasceremo entrambi i prigionieri nello stesso momento, e loro avanzeranno nei rispettivi campi... Va bene?"

"Molto bene! Rispose Otto Oberq. Avanti!

Uno per parte, Julian Nosdrev e Lisa Borgsen sono partiti nella direzione opposta.

Entrambi i gruppi si guardavano con sospetto.

Quando i due giovani furono vicini, incrociandosi, si fermarono. Avevano bisogno di scambiare qualche parola...

"Lisa!

"Giuliano!

"Perché l'hai fatto? Perché mi hai tradito?

"Non ascoltarmi. Ero pazzo...

"E tu mi hai tradito...

"Non sai quanto mi sono pentito dopo quello. In un dungeon, ad Agaesti, ho avuto il tempo di meditare... Sono stato guidato dal materialismo, sono stato coinvolto nelle reti dello spionaggio e ora vedo che l'unica cosa che ho ottenuto è distruggere la mia felicità.

"E tutto quello che mi hai promesso quando ero studente? L'amore che mi hai giurato? I nostri progetti, le nostre speranze... Era tutto falso?

"Non tutto... sono arrivato a credere alla mia menzogna...

"Ti ho amato...

"E penso anche...

"Ci rivedremo... Giusto?

"Chi lo sa. Questa guerra sarà lunga... A che servirà se ci rincontreremo?

"Sì. Hai ragione... non potremo mai cancellare il passato...

"Addio...

"Fortunato!

I prigionieri continuavano a camminare.

C'era già un po' di strada da entrambe le parti.

La missione era finita. Lisa Borgsen ha scambiato alcune parole con Otto Oberq ed è salita sul veicolo...

Julian Nosdrev sospirò quando si ritrovò tra i suoi compagni...

"Sei stato torturato, capo?

"Non sono riusciti a farlo.

"Sono contento... Avranno la loro parte.

"Cosa intendi?

Il partigiano sorrise.

"Vedi... Là tra quei sassi ce n'è uno dei nostri con un detonatore... Volutamente, una forte carica esplosiva è stata piazzata sulla strada...

Julian Nosdrev, sorpreso da questa notizia, esclamò:

"Povera Lisa!

Il veicolo nazista virò e accelerò, la marcia. Le sue cerniere scivolarono, sollevando la polvere dal sentiero tortuoso.

Uno dei partigiani stava controllando l'orologio.

"Ci siamo quasi! Presto arriverai nel posto giusto!

All'improvviso risuonò l'esplosione.

Sotto il pennacchio nero di fumo rimanevano solo frammenti di metallo e ferro contorto.

Nosdrev fissò il luogo e pensò che la guerra, quella guerra che doveva devastare il mondo, dall'Europa all'Asia, era appena iniziata.

Poi, come in una preghiera, mormorò:

"Che Dio l'abbia perdonata!

Le "jeep" partigiane si avviarono fino a perdersi lungo la stretta e tortuosa strada dei Balcani, nido e tana degli eterni e leggendari comitatjis.

FINE

87